澜沧水逝总关情

孙枫　著

海天出版社
·深圳·

图书在版编目（CIP）数据

澜沧水逝总关情 / 孙枫著. — 深圳 : 海天出版社，
2019.8

ISBN 978-7-5507-2660-4

Ⅰ . ①澜… Ⅱ . ①孙… Ⅲ . ①游记—作品集—中国—
当代Ⅳ . ①I267.4

中国版本图书馆CIP数据核字(2019)第086682号

澜沧水逝总关情
LANCANGSHUISHIZONGGUANQING

出 品 人　聂雄前
责任编辑　韩海彬　何旭升
责任技编　梁立新
装帧设计　梁海婷

出版发行　海天出版社
地　　址　深圳市彩田南路海天大厦（518033）
网　　址　www.htph.com.cn
订购电话　0755-83460202（批发）0755-8340239（邮购）
印　　刷　深圳市新联美术印刷有限公司
开　　本　787mm×1092mm　1/16
印　　张　15.25
字　　数　188千
版　　次　2019年8月第1版
印　　次　2019年8月第1次
定　　价　50.00元

前言

　　云南、广西我跑过多次，走了不少地方。时常考虑再去时拣个主题，带着探索和挖掘的心态去看点不一样的东西。城市是不想去了，虽然昆明、南宁近十几年变化非常大，每次匆匆而过也没有深入去了解，但新建的道路楼房却是千篇一律的。百色、钦州、柳州，大理、丽江、景洪等地也早已不可同日而语了，成就自不待言。

　　乡间村寨也没有闲着，这些年砌新屋、筑道路、架电缆、建学校。更多的青壮年离开了乡村，流入城镇，昔日乡间的传统生活结构已经不复存在。斗转星移，面目一新，一年一个样，现在已经很难找到十年前乡间的民俗状态。经济发展了，社会进步了，乡民们一样也要追求现代化的生活。所以城里人下乡再抱着重返传统的心态去寻找脑海里既有的画面是要失望的。

　　云南和广西都是边境地区，逶迤连绵的边境线长四千余公里，有的是景致和故事。再行滇桂，我将目光和镜头聚焦到了边境沿线。过去在滇桂边境行走的足迹虽是支离破碎的，但却给我留下了诧异、难忘和期待的感觉。思绪的延续，曾经留下过这样的句子：

秋意浓，卧拥波寒，最忆是疆南。

云海山峦烟波浩，星空天穹方知渺。

乡情不在言，无意落青衫，何日再消闲。

从地理资料中可以了解到：云南边境线长达三四千公里，约占我国陆地边境线的五分之一，几乎囊括了云南省的南部和西部边界。由东北向西南，分布了八个边境州，二十五个边境市县，分别是贡山县、福贡县、泸水县、龙陵县、腾冲县、芒市、瑞丽市、陇川县、盈江县、镇康县、耿马县、沧源县、西盟县、孟连县、澜沧县、景洪市、勐海县、勐腊县、江城县、绿春县、金平县、河口县、马关县、麻栗坡县、富宁县。

　　广西陆地边境线和海岸线长近七百公里，自西向东横贯三个地市，含那坡县、靖西市、大新县、龙州县、凭祥市、宁明县、防城港市防城区、东兴市等八个边境市、区、县。

　　中越陆地边界线长一千三百多公里，广西段为五百多公里，云南段七百多公里。与越南的莱州、老街、河江、高平、谅山和广宁连接。云南境内还有中老边境线七百多公里，与老挝最北部的丰沙里省、乌多姆塞省、琅南塔省接壤；中缅边境线约两千公里，与缅甸的克钦邦、掸邦接壤。

　　高黎贡山、哀牢山、六诏山、十万大山等山脉由西北向东南延伸，造就了边境地区的复杂地形和气候。怒江、澜沧江、红河、左江、北仑河等众多江河依西北东南的山势流经边界，注入南中国海和印度洋。这一带奇特的地形地貌，繁衍了文化独特、传统各异的众多少数民族。

从历史资料中可以认识到：与滇桂边境地区接壤的缅甸、老挝、越南三个国家，与我们国家的交往有着两千年之久的历史。中越之间现代交往中的纠葛和战争，留下了情感上的创伤，昔日战场的印记依然留在国境线上。

而今，"一带一路"倡议已在全世界响起，不仅得到友邦的呼应，而且惊醒了很多不以为意者。"一带一路"所倡议的，是政策沟通、道路联通、贸易畅通、货币流通、民心相通。作为我国对外开放的西南通道，滇桂边境一带及周边邻国势必孕育新一轮经济开发、对外交往的发展机遇。

　　百闻不如一见，想象不如行动。凭着这份强烈的感觉和愿望，2015年和2016年，我踏上了滇桂沿边行的路途，分三次完成了三十三个县市的寻访。并且写了这首《菩萨蛮》，记录滇桂边疆：

　　斜阳芳草寻常陌，青山不欲愁中叙。烟雨向南翔，任凭春渡归。

　　吟颂犹忆里，烽火老山壑。放眼抱江河，沙鸥万仞山。

在整理行程的笔记和图片时，如何将其分类提炼颇费思索。要么做成游记随笔，要么书写自助攻略，但自觉还是另辟蹊径为好。我把所有的素材提炼出三十个篇目，依境遇成就不同的主题，依主题记录不同的故事，依故事生发不同的

随想。或古或今，或人或事，或景或情，不拘泥于固定的形式，只在于路途的偶拾。寻访是初衷，共享是愿望，争取不被资料淹没，盼望不被主观误导。倾一孔之见，诉一己之得，以回报出行的初心。错误之处，不当之词，望各位看官海涵。

目　录

梧叶芭蕉话东兴

2015年11月13日　阴　小到中雨　18℃—25℃
深圳—湛江—钦州—东兴　760公里

　　"一声梧叶一声秋，一点芭蕉一点愁"，走滇桂边境，由西向东，第一站是广西的东兴。东兴市地处广西南部，既沿边、沿江又沿海，是广西陆地边境线起点和海岸线的终点的交汇之地，与越南北部最大的芒街口岸仅一河之隔。去越南或周边其他国家不少人都由此进出，是中国最大的陆路边境口岸之一。

早上七点半从深圳出发，车过虎门大桥后开始下雨，过江门后车辆明显减少。旅友一路上聊起过往的人和事，到湛江的官渡服务区时不觉已经十二点半了，每人三十元的自助快餐果腹。下午在钦州服务区也有停车，烟民要吸烟。四点半到达既定目的地东兴，全程七百六十公里。

这次的同伴是老李和老徐，出行前三人约定了分工，我负责路线规划，老徐负责吃饭和住宿地点，老李负责出纳和记账。

之所以再访东兴，是因为二十年前我曾经来过这里。旧貌换新颜，当然是完全不同的感觉。走边境首先到口岸附近的北仑河边转悠，该河发源于十万大山中，向东南在东兴和越南芒街之间流入北部湾，长百余公里，其下游的几十公里构成了中越间的边界线。北仑河的出海口是竹山，有"大清国一号界碑"作为

大陆海岸线的起点。时值清末，经办会勘疆界的清廷代表邓承修，能与法国军队据理力争，终将起界定在竹山，实属维护国家领土主权的有功之臣。"一号界碑"如今打磨得铮亮，也是游人拍照的旺地，其实背后记录的是清末外交抗争的一段历史。

从东兴出境，跨过不足百米长的北仑河大桥是越南的芒街。芒街位于越南东北部，东临北部湾，西接谅山等省市。芒街如今是越南北方最大的边贸市场，也是新兴的经济特区。二十年前去芒街时，几栋老楼都是法国殖民时期的建筑，市场上售卖的都是农副产品。现在站在北仑河岸，看到芒街的楼房都已鸟枪换炮，据说老屋全部拆完了，如今眼见都是新楼。芒街的行政等级也在不断升级，已由镇、区升格为市。

边境的产业主要就是边贸。东兴的边贸似乎没有往日那么兴旺，两个主要产业都出现了问题。硬木加工因木材原料的管制和枯竭已日渐式微，旅游业因口岸的增多等因素而受影响。现在因为保护稀有物种，实行了红木物流的禁运管制。在众多的硬木名贵树种中，越南黄花梨与海南黄花梨、小叶紫檀、老挝大红酸枝、大叶紫檀并称最贵的五大木材，木材标出了金银价。

口岸附近的行商和坐商接踵，卖的商品大都雷同，十有八九都是卖木制品的。也有不少打旅行社招牌的个人，在街边摆摊招揽游客办证游越南，用国内身份证即可登记。芒街一日游收一百八十元办证费。

东兴的沿街房屋真是今非昔比，记忆中的模样完全没有了。老街老屋鲜有保留的，口岸附近的建设路街道还在，但街两旁的老屋所剩无几，翻盖的私家新楼显然没有经过统一规划。与当地的老居民攀谈才了解到，这条路的房屋翻盖是2000年以后的事，现存的旧房终于得到了政府的控制，一律不准私拆私建，大概是意识到老城风貌的可贵难求吧。可是，任何时候以任何方式改造都绝非易事啊。

兴之所至，赋记《浪淘沙》词一首，再访东兴：

江海涵飞云，巨槿根缠。南茎北蒂古往间。交趾梭来多少怨，白浪如烟。

今日再欣然，握手言欢，薪燃鼎沸百家安。一代人杰欢故里，谁与功返？

六点找个小店吃晚餐。"三鲜粥"是当地的特色小食，用热锅下油，把各味海鲜及姜、酒等佐料一起炒至将熟，再放粥和适量的水煮熟，起锅前放少量蚝油和鱼露。味道的确鲜美。

不经意间了解到，国民党的军政要员陈济棠是东兴人，出生于东兴镇的大田村。他1929年4月被任命为讨逆军第八路军总指挥，曾统领广东海陆空三军，掌握了广东省党政军大权。

　　饭后在市区的主街上入住一家连锁酒店，一间房八十九元，房间大、干燥而且无异味。这次出门第一次没有带相机，打算试试刚上手的手机。从当天拍的效果看，完全可以胜任。

沿边公路迎风和

2015年11月14日 阴转多云 18℃—25℃

东兴市—那良—峒中—宁明县爱店—凭祥市 280公里

东兴的早餐店处处都有海鲜粥，嫌那油盐和味精太重，我们只吃了白粥和炒粉。

今天的目的地是凭祥，不足三百公里的路程，沿途有不少边境口岸。出城走广西沿边公路，也是323省道。出城就遇上修路，导航入绝境，好不容易才找上道。三级公路在设计施工，沿中越边界走向，依山脉地形修筑，全程是上下坡回转弯。地势最高处有一千三百多米，我们多在八九百米的山间打转转。全程二百八十公里，我们下午六点才到达凭祥镇。

　　沿途经过的几个乡镇都有口岸，行车二十八公里后是防城港市地界的那良镇。那良镇里火口岸位于防城港市西端那良与越南北峰山关口交界。此地因水源

充足，土地肥沃，故名那良，加之交通便利，集贸交易活跃，集镇成圩已有几百年历史。中法战争时期，清朝政府"黑旗军"因成功抗击法国的侵略而名闻中外，其首领刘永福就是那良人氏。

两地边民有多年互市相通的民间习俗。此地20世纪50年代就是口岸，1979年关闭，1989年后又成为两国边贸的活动场所。之后生意逐年兴旺。来往的货运车辆将脆弱的公路压得破损翻浆，卸货的车辆见缝插针随处摆放，部分路段正在修筑中。此段路程消耗我们不少的时间。

车行九十六公里经过防城港市的峒中镇，是壮、瑶、侗、京等民族聚居的乡镇，这里的温泉含硫量、出水量、水温等都相当适宜。峒中口岸与越南广宁省的横模关口接壤，有几十公里的边境线。口岸在1979年关闭后，1991年才重设双方边民贸易点。建有河内通向我国最短的公路线。

从口岸排队等待过关的车流人流看，这里比先前的那良口岸明显规模大得多。但峒中联通外界的公路与那良相同，都是弯多路窄，在一定程度上制约了峒中口岸的发展。

经过峒中镇时，恰逢一家村民办喜事。此地是壮族村寨，男主人招呼客人上门，依风俗接客让座，在自家庭院烧火做菜摆酒席。经聊天了解，喜事是家里的大儿子结婚，而且刚盖了三层的新房，买了新汽车。新郎新娘分别身着红色西装和白色婚纱，在路边迎宾，果然有喜庆气氛。

进入崇左地界后有一百多公里路程沿途几乎没有村庄，路面条件相当好，行车快了许多。宁明县的爱店镇有口岸，附近的公路也是毁损严重。爱店口岸与越南峙马口岸相对，爱店东去东兴；南往越南谅山、海防、河内；西距凭祥；北接宁明和南宁。20世纪七八十年代，曾经是对越自卫反击战交火时最主要的战时交通要道。目前爱店的中草药市场名气在外，是中越边境最大的中草药集散地。

广西的沿边公路七百多公里，今天我们走了一小半，但已充分见识了沿边公路的规划和建设的不易。长期以来，边境地区出于战备的考虑，加上中越边境地处崇山峻岭，建设开发自然落后。2000年前后，中越边界勘察工作完成后，广西仅用两年时间，就在深山密林、地势险恶、地质复杂的地段建设出一条沿边三级公路，从根本上改善了边境地区的交通、边防、水利、教育、卫生、邮电等基础设施条件，解决行路难、用水难、用电难等问题。路线起于东兴市竹山村，途经八县三十一乡，终于那坡县弄合村，全长七百多公里。这段公路的沿线乡村大多经历了对越自卫反击战的洗礼，法卡山、谅山都是有名的战场。

　　随赋《一剪梅》，沿边公路唱风和：

　　十万大山抵犯敌。但见军旌，不问欢歌。经年战事近若何，枪也鸣歌，炮也鸣歌。

　　石乱山深斩荆葛。不再叠举，不再拦隔。柘柳起舞唱风和。乡也通车，寨也通车。

　　我们入住凭祥镇的一家连锁酒店，一日房价含早餐一百四十元，地处火车南站附近。往北十多公里才是凭祥市区，往南十多公里是友谊关。这里与东兴相同，店铺大都经营红木家具等木器。晚饭就在对面的重庆水煮鱼店，四斤鱼、一个青菜一百四十一元。

南宁地区沿边三级公路

——广西边境建设大会战项目·长

395公里，于二〇〇一年二月十八

日开工，二〇〇二年十月一日竣工

南宁地区交通局

南宁公路局

二〇〇二年十月一日

千载友谊关

2015 年 11 月 15 日　多云　18℃—28℃
凭祥镇—友谊关　15 公里

　　上午安排游走友谊关，从凭祥镇过去十五公里，我们很快就到。这里设出入边境的口岸，有非常气派的联检大楼。友谊关是群山之中的一条陆地通衢大道，难怪自古以来称之为关，关隘是也。汉朝时始名雍鸡关，又名大南关、界首关；明朝数次更名鸡陵关、镇夷关、镇南关等；1953 年改名睦南关，1965 年正式命名为友谊关。

　　如今加称景区当然是要收钱的，包括友谊关门楼、一座1914年建造的法式别墅、通道两边沿山势建造的城墙工事和炮台。四十元的门票，除了卖门票的人没有任何服务人员，需要自己辨识道路了解情况。

　　门楼右手边拾级而上有炮台，资料介绍说一千多米长，没讲高度是多少，台阶多少级。既来之，则"上"之，我们三人登石阶而上，游人无几，更觉清新爽宜。树林掩盖着上山的通道，雨后的朝阳透过树叶空隙洒落在湿漉漉的石阶上，习习山风掠过，吹拂湿热的躯体，顿时似入仙境。脚下的阶梯是18世纪50年代后建造的，这是当年清廷为了镇守南疆而在此处山峰上修筑的炮台。上山的台阶又高又陡，爬了半小时后还不知道山顶在哪里，但已经汗流浃背了，当然还是坚持爬上山顶。现在已经有车道上山了。

　　中法战争期间，镇南关曾一度陷落毁损。老将冯子材率军守备，在蜂拥而上的来犯者面前，"帕首短衣草履，手操倭刀，亲率大刀队，大呼一跃出墙外"，成功地阻击了敌军进攻。并曾一度反击攻取了谅山，但没落的清政府已无力阻挡西方列强的八面威胁，签订了屈辱的《中法新约》。

　　上到山顶，果然不虚此行，可谓"风景这边独好"。从山顶的炮台阵地放眼鸟瞰，几十公里的群山谷底尽收眼底，大好河山的感觉油然而生。旧时的阵地、壕沟和其他工事修整维护如新，炮群坐落分布有致。只是时过境迁，依摆设重温故地情景而已。

　　普法战争期间，德国的克虏伯大炮威名远扬。李鸿章随后购买了几百门克虏伯炮，成为当时的国防利器。中法战争、中日战争、庚子之变等中国近代的重要战争中随处可见它的身影。山顶现存的最大一门克虏伯大炮，炮管长逾十米、重几十吨，据说射程可达十公里。

下山后必然要走关楼另一侧的北炮台，此边地势低矮许多。这里有明代城墙建筑的遗址，曾是中法战争期间血刃激战的阵地，也是孙中山先生亲自领导的镇南关起义所在地。

游历其中，触景生情：清军旌旗飞扬，保关克谅，誓言杀敌，视死如归的生动画面如同再现；起义军披蒙茸，拨钩藤，跨越断涧危崖，呐喊而入的激烈场面似乎感同身受。

记有《水调歌头·千载友谊关》：

首举沥千载，南镇雍鸡关。右辅左弼，磅礴气势竟山峦。秦汉八朝起讫，明靖清征关驿，宋代逆吴权。交趾复进退，边围育河山。

南飞雁，不再返，散落间。孤魂在外，人间洒怨向边关。壮士子材血刃，孙君慨言发炮，捷战颂莫府。古往多少事，谁愿再见腥？

淡月美女板池屯

2015 年 11 月 15 日 多云 18℃—28℃
凭祥市—龙州县水口—武德—金龙乡板池屯—大新县宝墟—堪墟—硕龙 240 公里

    从凭祥去大新县的硕龙，那一带有跨界中越的有名的德天瀑布。行走的还是广西沿边公路，全程二百四十公里，途经龙州县和大新县地界。

　　龙州县的金龙乡地处边境，十多年来我已经数次经过这里的板池屯。第一次是 2003 年的五一休假期间，翻看当时的笔记有以下记载：快两点从硕龙出发去位于龙州县金龙乡的板池屯，沿途是类似桂林山水的喀斯特地貌。据县里的人介绍，这村子的女人相貌特别美丽，所以俗称美女村，远近闻名。

　　过了明仕以后按老地图找不到路，经打听走了沿边的国防公路，路况很好，但一路上没有行车的标志。途中看到一群小男孩，七八岁的样子，光着屁股在戏水。我到达板池屯时已经下午五点了。

　　这里果然山川清秀，竹木茂盛，水流潺潺，草香湿润。美女村的年轻人都到外面打工，在家的多是老人、小孩。从可以见到的老年人的情况看，身材相貌确实都不错。他们常年嚼槟榔，齿龈间满是乌血色。

　　板池屯是壮族村寨，抚弄天琴当然也是她们所爱。黑衣长衫，红头短巾，心心合瑟；蔗田怜绿，稻花惜香，夕阳牧归。这里饱含着浓浓的民族风情，环绕着暖暖的生活灵气。好一幅恬淡画锦，真投人意。

　　第二次拜访此地是 2008 年的春节后，也有笔记记载：路两旁全是甘蔗田，两米多高。远处是喀斯特地貌的黛色群山。我们早上八点到达，屯里的人正陆续出门下地，村口的面貌依旧，但村里多了不少砖瓦新屋。

　　溪流边立有"美女泉"的碑刻，洗衣的妇人总是三五成群。我们开始往地里走，抓拍干活的人群。有下地途中的老妇，有搬运甘蔗的男人们，有收割甘蔗的妇女们。据农民们介绍，板池屯一百七十户，七百多人。主要靠种植甘蔗谋生，收割期有三四个月，亩产七八吨，按每吨二百八十元收购。收割期间农户们互助，每六七户一个组，每户出两个人，有的农户缺劳力，只有请帮工帮忙，一天一人四十元。

　　这次又是时隔七八年来此,从凭祥友谊关到龙州县的水口镇路程七十五公里,路况较之前面好很多。从水口到金龙的板池屯,导航提示是六十公里,路况更好一些。村里的新房是一次比一次多,人却一次比一次少。溪水边依旧有妇女洗涮,十几年前让我拍照的老妇的房屋依旧,但门窗紧闭,据闻已九十高龄的老妇因病住院了。

　　与一村民相谈了解到,现时每户大概有十五亩甘蔗地,一亩毛收入两千元,比种粮还是强一些。农忙的时候大家互助,也雇工请人,只是现在一天的工钱翻了番。

　　离开板池屯之时,不觉僮歌萦绕,"送客走咧送客走,山缠水绕云悠悠,听我唱支送别歌,万句祝福飞出口。今日亲人平安去,来年盼你再回头,今日亲人平安去,来年盼你再回头。天长地久兄弟情,一片爱心传千秋,天长地久兄弟情,一片爱心传千秋"。

　　从板池屯出来后换老徐开车，经过堪墟镇后几公里路面改造施工。老徐在这里光顾着说话，将车开上了刚抹平水泥的路面。我们愿意给予一定的赔偿，但工头拦车不让走，分明就是要讹钱。其实问题并不大，花一两个小时人工抹抹就解决的事情。但我们好说歹说不顶用，耽误了半小时掏了四百元才了事。再上路已经下午五点半，到达硕龙后入住路边的一家山庄，一百八十元一间房，景区附近当然比县城的收费高。

德天念安陌上逢

2015 年 11 月 16 日 多云转晴 20℃—27℃
大新县硕龙—德天瀑布—岳墟—壬庄—靖西县旧州镇—龙邦—靖西县城 190 公里

　　多云，湿热。距上次来德天瀑布已有七八年了，这里发生了很大变化。行车不到十公里，路边见到很大的停车场和游客中心的庞大建筑，招牌提示是景区入口。同行中有没来过的，想进去看看，约好两小时后在出口等。不进去的就选择到路边店观光，参观的十一点才出来，因为景区进出口都要等车。

第一次来此地是 2000 年，游客稀少，原始自然。沿着沙石公路前往归春河的上游方向，荒野里找到 53 号界碑并拍照。路旁的几个小贩卖的商品都是来自越南的卷烟、驱风油等。观景最好的地方是德天山庄，当时可以住宿二三十人。

德天瀑布在大新县的硕龙镇德天村，地处中越边境处的归春河上游，与越南的板约瀑布相连。河水从北面奔流而来，崖石叠嶂的浦汤岛横阻江流，瀑布从几十米的山崖上冲撞岩石，水声震荡河谷，水雾五彩缤纷，气势的确雄壮。资料显示：瀑布三级跌落，最大宽度二百多米，纵深六十多米，落差六十多米，年均流量五十立方米 / 秒，它与板约瀑布连为一体，宛如一对亲密的姐妹。虽然没有尼亚加拉瀑布的宽阔磅礴，也没有伊瓜苏瀑布的澎湃激荡，但它具有自己独特的婉约秀丽。

　　2003 年的 9 月，早上大雾。我们从大新县城往德天，路程一个小时。车行不久雾开始迅速地散开，途中有个三层瀑布的景色不错。景区圈起来收门票了，因为同行的朋友是本地的记者，免了门票而且还能将车开进园区。将相机架在德天山庄的高处，蓝天白云瀑布，不时有零星的云彩飘过。用 120 的胶片拍了几卷。

2008 年 2 月再次路过，一路经靖西、湖润、下雷、硕龙到德天。为了照顾两位没来过的同行，不去的人就在外面等待他俩进去转圈。随后继续赶路去金龙，黄昏时分的边防公路风光十分美好。到达金龙镇时天已经完全黑了，只有一处旅店，十元一张床，十分脏。去县城还有一百多公里县道，晚上难走。伙计们明天想去附近的板池屯，四个老爷们大家相互妥协，只有忍耐一下住下吧。哪知天无绝人之路，吃饭的时候与店家聊起，他告诉我们十二公里外的宝圩镇有条件好的旅馆。

去过德天之后，一般会沿边境去靖西县。靖西新靖镇的鹅泉村念安屯也是个比较独特的地方，在峰林谷地中有岩溶溶洞，泉口是较大的地下暗河出口。水面阔约十亩，汇水区域有裸露的石灰岩，泉水清澈，景色幽雅。2001 年去百色曾经路过靖西念安，黄昏时分，薄雾蔽日，耕农收工返村，老牛犁铧蓑衣，黛山泉水拱桥，一派世外桃源景象。弱光下手持相机只好用 400 定的负片拍摄，那个乡村水墨画的情调实在令人难忘。即有一首《蝶恋花》，念安鹅泉：

春暮时节悠梦境，忘却娉婷，不愿日将落。千载甘泉自清澈，万方黛壑攀无语。

草暖花寒逢简陌，甘露风侵，满袖余惆怅。无际轻雷不常在，桃园静谧听蛙謦。

从官方数据看，近十多年来国内旅游人数和收入，每年的递增都非常迅猛，已到了四五十亿人次、四五万亿元的规模。但过度开发带来的环境污染和破坏已经随处可见。青山绿水为之伤痕累累，蓝天白云叹息冷热交加。旅游资源和生态环境既是公共物品，也是子孙后代的生存之本。时下的受益者真该为众人和后人想着点、担待点，饭菜总是一口口悠着点吃才好，不是吗？

旧州遇僮戏

2015 年 11 月 16 日　多云转晴 20℃—27℃
大新县硕龙—德天瀑布—岳墟—壬庄—靖西县旧州—龙邦—靖西县城 190 公里

　　从德天瀑布出来，我们再上路去靖西旧州古镇。五十多公里的沿边公路，先到岳墟镇，一路盘山，两县交界处道路的落石和泥沙好久没有清理，路旁的野草高及竿头，几乎要掩埋道路，好似荒郊野岭，夜间行车恐怕是十分瘆人的。这条路老早以前走过，当时新建没几年，路边的风景又好，真好似旅游专用线。

　　远处的景致其实秀丽壮观，喀斯特地貌，山体连绵不断，植被郁郁葱葱。途中仅遇两三辆车，空气清新，蓝天白云，神清气爽。到岳墟已经十二点半了。只有两个小摊卖炸油饼，因为基本没有外来人。我们在小店里烧水买方便面对付了中饭。

　　再经壬庄换县道到达旧州古镇。十多年没见，这里已新房连片，好在统一规划，古镇的味道还在。村后的溪河静静流淌，远山、近水、宗祠、渡桥，依然与日月相伴，一幅田园仙境的乡村图画。犹有几分"不雨花犹落，无风絮自飞"的禅意。宗祠里见到村里的一位老人，与他相聊知道他已八十三岁，村里安排他在此专门守候，因为近些年来游客渐多，从安全和收入出发都需有人管理香火。

　　旧州以制作绣球而闻名于世，由于选料讲究、结构独特，且全部以手工精心制作，因此是广西绣球的上品。时下的村民也都是妇孺，制作兼销售经营旅游商品。

旧州又是远近乡村的圩集之地，节假日也是有"歌圩"的，"一路唱歌一路来，一路唱得百花开，妹是花开香千里，哥是蜜蜂万里来。"人们以歌会友，以歌交情，还举行抢花炮、抛绣球、斗鸡、碰彩蛋、演壮戏等各种游艺文体活动。

全镇五百多户人家，分布在几百米的主街两边，街道中段有广场有戏台。今天巧遇村里的僮戏班子演出，角色和琴师乐手都在化妆准备。这是镇里居民的僮剧班子，自娱自乐地组织演出，行头家伙都挺专业，还有几个小童，也粉头粉脸服饰加身地参入其事，好不兴奋。

　　壮戏不仅有壮族人熟悉的故事剧情，而且唱词、道白又是方言土语，听来倍感亲切。主要唱腔的唱词，不是五字句就是七字句，保持了壮族民歌的特有韵律结构。唱的人婉转起伏，九曲三转，简中有繁；听的人觉得同中存异，连绵不断，意味无穷。的确独具一格。

　　靖西的僮剧流行的是南路行腔，采用"一人唱众人和"的帮腔形式，台上的角色演唱时，乐队在后台助唱帮腔。有了帮腔自然强化了剧情重点，烘托了人物情感，渲染了舞台气氛，增强了艺术效果。观众中几个戏迷还随着剧情一起跟腔，如痴如醉入了戏。看来还是萝卜白菜各有所爱，各有各的玩法，并非都爱广场舞。

十多年前用胶卷拍旧州的片子还在,挑出几张看看,那时还蛮有农耕的味道。

考虑到第二天的行程,拟夜宿靖西边境的龙邦。从旧州到龙邦三十多公里,到达后首先找一个名为十二道门的地方。晚清中法战争结束后,朝廷督办在边境我方一侧建设了一批军事设施,靖西边线就有多处炮台,十二道门是其中之一。所在的七星山海拔八百多米,俯视龙邦口岸、扼守咽喉要地,地势紧要,的确具有军事价值。

龙邦没有合适住宿的地方,而且停电,只好返回县城吃住。靖西早几年县改市,记忆中的县城已不复存在,如今繁华喧闹。主要街道两边都是这十多年来盖的多层新楼,一层开店,各色商品、服务应有尽有,二层及以上多为旅店。外来人口一是游客,二是做边境贸易的客商。

出桂入滇经弄合

2015 年 11 月 17 日　晴　20℃—25℃

靖西县城—禄峒—呑盘—盂麻—那坡县平孟镇—百合—百南—百省—
弄合村—富宁县田蓬—麻栗坡县董干—铁厂乡　280 公里

　　从靖西出发往西南方向到沿边公路，再走八十余公里，其中十多公里是二
级公路，然后转入县道。行车四十多公里途经靖西县贫困山区的呑盘乡，再往下
十多公里到沿边公路上的盂麻村，虽是盘山路但路况好很多。

再行十多公里到达那坡县的平孟镇，那坡县地处广西的西南角，边境线二百余公里。清末民初地名为镇边，20世纪50年代初改名睦边，60年代就更名为那坡。平孟镇的边境口岸，感觉是广西境内最好最有序的。从东兴过来路过五六个县、十多个口岸，可是哪儿可能有那么多人流物流？

平孟镇到百省乡，走六十余公里沿边公路，路况景致都好。地处边境又是山区，百省虽为乡，但人口不过数千人而已。贫困地区少有人花钱在外就餐，也没有什么外来人员，唯一的一家餐食店只卖十元一份的盖浇饭。

　　饭后行车十多公里到达那坡与云南富宁县交界处的弄合村，广西省道 S325 也到此结束，里程碑显示是七百二十六公里。对越自卫反击战期间也是交战的正面战场。战壕掩体依旧。草坪树荫，白墙红瓦，园林小径，平和自然的风光在山间吹拂流逝，早已洗刷了战争的痕迹。

几十年前我当兵那会儿与今日真是不可同日而语，现在处处体现了国力强大后国防建设的水平。没有经济条件谈何国防能力，没有强大的国防力量做后盾，发展经济也没有保障。

经过好几日的奔波，我们完成了这次广西边境沿线的旅程。多年来时有外出旅行，情景如织，日月如梭，不觉老之将至。人生见闻不期，稍纵即逝，翻开手边的书本，有宋代张先的词跳入眼帘，"送春去几时回？临晚镜，伤流景，往事后期空记省"，"天不老，情难绝。心似双丝网，中有千千结。夜过也，东窗未白凝残月"，也合一时的心境。

从那坡到云南富宁的沿边一带已不同于大新、靖西的喀斯特地貌。海拔升高，山体连绵，翻越的几个山头都在两千米以上，谷底也有一千三百米，连续的盘山弯道经常是回转回头。

　　田蓬镇是富宁的边境口岸，来往的货运车辆较多。按原计划再行车六十多公里到麻栗坡县的董干镇住宿，到达时已快下午四点。但是吃住条件不好担心会影响休息，于是想再走一百二十多公里赶到县城。经过铁厂乡时感觉不应赶路了，决定就地住宿。此地海拔两千三百米，凉爽干燥，房间也还干净。

　　跑了几天长途，车子肮脏不堪，找到当地仅有的洗车店。店主自己的街面房，两个门面一个卖食品饮料一个做洗车生意，由她一人担当。晚饭两同伴没有思想准备，以为可以犒劳自己好好撮一顿，和中午的情况相同，街面上没有正规的饭馆，外卖的餐食只是米粉和盖浇饭。三人炒三个菜，但分量是按盖浇饭配置的，大白菜、西红柿炒鸡蛋、烧豆腐加米饭一共三十元。出门在外，无论贵贱，对口味要求不高，能吃饱就是福。比起国外旅行，有时花了大价钱，却是难以下咽的餐食，真是福上加福啰。

不忘麻栗坡

2015 年 11 月 18 日　上午　晴 15℃—27℃
麻栗坡县铁厂乡—八布—柏林乡—麻栗坡城关 91 公里

　　我们虽然住在海拔两千三百米的地方，但晚上休息得不错。铁厂乡沿山沟建的一条长街，早上七点半了也没有什么人，因为这里与东部沿海有一个小时时差。我们昨天从广西的那坡经过云南富宁到麻栗坡。中越边境云南段，由东向西有富宁、麻栗坡、马关、绿春、金平、河口六个县。

　　八点多上路，往麻栗坡县城去。沿途群峰巍峨，植被生发；雾气缭绕，朝阳东升，白茫茫一片都在云雾笼罩中。受如此景致感召，我们不时停车拍照。途经八布乡，街市人马如流，应该是逢集。看村民的穿戴，有瑶族也有壮族。

　　过西畴县的柏林乡时，路边奎魁村一户人家集聚了上百乡民，摩托车停了十多辆。男女老少围桌而坐，谈笑风生，显然是来吃酒的。停车询问，是这家的孩子过周岁宴请亲朋。屋后院里正忙着烧火煮饭、备置餐食，忙着上菜待客。女主人抱着孩子，十分热情地一再邀请我们几个外乡的路人入席。准备了许多水煮鸡蛋，蛋壳上染着红色，作为吉祥兴旺象征。农耕社会的乡村，就是通过婚丧嫁娶等人情仪式往来，来强化亲朋邻里的相互联系和依从关系。

　　到达县城刚过十一点。麻栗坡县二十来万人，汉、壮、瑶、苗族多民族聚居。县城地处海拔一千六百多米，一条长山沟穿城而过，停车都不容易。交通不便，物价低廉。饭馆都是卖粉面和盒饭的，同伴要吃青菜，找了一家饭馆炒三个菜吃饭。

　　这次专程来一是要看老山阵地，二是想拜谒麻栗坡烈士陵园。因此首先找到城外的烈士陵园。大门的门匾上书有"麻栗坡烈士陵园"。陵园1979年始建，几次扩建。背山面水，规划建设和管理保养都十分到位，体现了政府与军队的情感和重视。

纪念塔两侧介绍了当年战争的惨烈。塔上除了毛泽东的题词"人民英雄永垂不朽"外，还有朱德的题词"你们活在我们的心中，我们活在你们的事业中"，邓小平的题词"为保卫祖国边疆英勇牺牲的烈士永垂不朽"。

每冢墓碑都用大理石精刻烈士生平。陵园中从全国各地带来的物种已绿树成荫，花草丛生。安葬于此的九百多名烈士，以1979年对越自卫还击作战和1984年收复老山、八里河东山战斗牺牲的烈士为主。每座墓碑都隐藏着一个动人的故事，每个故事都牵动着千千万万颗赤诚之心。

"老山一别近三年，日日夜夜都把友心连。战友都在想念你，就像昔日在眼前。友随二老来看你，思友叫我泪涟涟。今把花圈献给你，以表战友的思念。"

据介绍，2014年4月28日，千余名来自全国各地的老兵及烈士家属相聚于此纪念先烈。因为三十年前的这一天，我军一举攻克并收复老山。"要奋斗就会有牺牲，死人的事是经常发生的"，何况经历的是现代战争。今日的和平安宁是用鲜血和生命换来的，人们不应忘记，历史永远铭记"最可爱的人"，"老山精神"流芳百世。

祭扫陵园英灵，伫立陵前俯首默悼，眼前似乎重现了战争悲壮的画面，和英烈豪迈的身影。想起战士们"捐躯赴国难，视死忽如归"的大无畏精神，想起有烈士母亲没有路费来此缅怀祭奠的传说，无尽的泪水顺着脸颊自然流淌，情感中唯有缅怀敬仰，他们倒下去了才换来我们的站立之地。

如今和平日久，物欲横流，戾气滋生，浮躁乖张。时代终归不负英烈，正义势必战胜邪恶。中华民族的集体主义、爱国主义和英雄主义的精神永存！

肃望老山

11 月 18 日 下午 晴天 15℃—27℃
麻栗坡城关—天保口岸—老山阵地—猛峒—都龙—马关县城 180 公里

　　今天计划到马关县城住宿，下午要看天保口岸和老山阵地。县城距天保四十一公里，路况极好。天保口岸设施比广西那边的好很多，门店铺面都是做游客生意。我们没有多停留，因为是奔着老山来的。GPS 不灵，问了几个人才终于找到上山的路。之前还错走了一段乱泥路，好在有经验及时退出。

天保到老山阵地四十多公里，从麻栗坡县城也有道路过来。老山的正南方是越南的老青山，海拔一千七百余米。

老山当年可是两军交战拼死争夺的地方。如今虽然植被茂密、战壕坚固，但曾经枪林弹雨，山头被炮弹掀削去了几米。

1979年对越自卫反击战战后，越军在所有边界线的制高点上修筑工事，埋设地雷，并炮击我边民村寨。1984年，我军反击收回麻栗坡边境的几十个高地。

老山海拔一千四百多米，是周围几十公里的制高点，山门鸟瞰，河谷通道尽收眼底。以老山主峰为中心，向东北、西北、正南延伸三条山梁，北陡南缓，西高东低，坡度四十度，接近主峰七十度。沟壑众多，壁岸陡峭，森林茂密，藤葛交织，雾大潮湿，蛇虫出没。

没来之前，完全没有想到老山阵地是如此的艰难。山岳丛林打阵地攻守战，开战前满山遍野布置地雷，开战时炮火密集攻击，战事的惨烈及伤亡无法想象。

从搜狗百科的老山战役词条中，看到这样一件逸事记载：

某部尖刀班班长小程是独子，在向 76 号高地攻击中牺牲了。开战前他对全班说："我们 7 班是全营第一班，第一班就要冲上第一道战壕，拿下第一个高地，就是死，也要死在第一批。"清理烈士遗物时，从他的上衣兜里找到了一封未发出的浸透鲜血的家信。

我们明天晚上就要向战区开进了，战争这个人类互相残杀的魔鬼就要向我们走来，我们和越军同时走在了死亡的边缘。虽然我们每个军人对生都有着深深的眷恋，但是，当我们看到边疆人民惨遭杀害，看到那遗弃的大片田园，看到老人孩子无家可归栖身山林，看到越军那狂妄狰狞的嘴脸。我作为一名军人，总有一种负债的内疚感。这里的现实激励了我，这军人的职责告诉了我，这祖国的尊严驱使着我，以牙还牙，以血还血，用我们军人的一腔热血去换取祖国完整的领土，用我们的青春去托付起边疆人民的一方平安。

爸爸，您当过兵，您完全可以预料现代战争的后果，万一孩儿有什么不幸，您一定要挺住，要多多开导多病的母亲。孩儿是党员，党员在战场上就是带头打头阵，别人不能吃的苦你必须能吃，别人不敢去的地方你必须要去。为儿我万一在战斗中牺牲了，我求爸爸帮儿办理好一件后事，代我缴纳51年的党费，每月3毛，共计 183 元 6 毛钱。

再见了，我敬爱的爸爸。再见了，我亲爱的妈妈。

不孝儿敬上。

思绪至此，我用一首《水调歌头》，肃望老山，祈求和平：

夫望断天保，关塞莽然间。南疆北界，连岗三向率雄攀。峰峻巍峨藤乱，松毛岭下沟壑，那拉悲鼓鸣。星坠碧空尽，丝发入青山。

炮嘶鸣，残肢挂，胆肝涂。山峦血肉，芳草天际魂英杰。金盾雕戈惨烈，不惧铁马惆怅，壮志报国家。诺酒飞来祭，雨暮见斜阳。

　　回程由老山去马关，据山上的军士介绍天黑前可以赶到。先行车二十五公里到最南端的猛峒，GPS 显示还有六十一公里。出猛峒往两县交界的方向，是沙石路而且很久没有养护，这一带被开矿大车破坏了路面。跑了十多公里进入马关县境，过都龙后是省道二级公路，七点到达马关宾馆。马关县城海拔一千九百多米，地势开阔，建成面积大，街面商店多，有出租车，但似乎少有吃饭的铺子。

界碑前的虔诚与敬畏

11 月 18 日 晴 15℃—32℃
马关县城—木厂—桥头—南溪—河口县—莲花滩—玉屏—蒙自市 290 公里

　　昨晚住的宾馆对面是马关县委县政府，此地也是战时的前线所在。城边的烈士陵园规模不大，是给好几个时期的烈士建的，包括在 1979 年对越自卫反击战牺牲的。

　　上午从马关去河口，先走一百三十公里的省道，再走三十余公里后即进入河口县境内，这里的地貌有了很大的变化。海拔从一千多米的高山下降到几百米的谷地，气温开始上升。地图上可以看到河口县东北往西南方向，是一条宽约三十公里的峡谷，两边山脊高三四百米，放眼望去斜坡上种植的都是香蕉。

　　途经四五十公里长的香蕉种植地带，正值收获季节，沿途乡民忙于收割搬运香蕉，收购的货运大车到地头拉货。与乡民聊起，每户大多十几亩山地，每亩种植百余棵蕉树，亩产一两千公斤。今年的收购价一公斤一元钱。图中用马拉香蕉的地方是河口县境内的桥头乡，这一带有苗族也有汉族。

距离河口二十余公里处车辆增多，路面也宽了。河口是云南通往越南的主要口岸，公路、铁路并行。除了 S326 国道外，前几年已有高速公路连接昆明。

开车沿红河到两头分别看了货运口岸和游客口岸，口岸设施看起来都是近些年的新建筑。随处可见拉客的小贩，找他们办理越南一日游一人两百元。河口海拔只有八十八米，中午的气温三十摄氏度以上。

　　谈判桌下面的工作是实地考察，所及之地地形复杂，气候恶劣，数年里跋山涉水，远离村舍，还要躲避野生动物攻击，防范地雷伤害。具体的操作肯定少不了反复地核查和争吵，紧绷的精神状态下是有礼有节的耐心。工作人员为此付出的艰辛是可想而知的。

    站在河口南溪河岸的 102 号界碑面前，内心的感受是虔诚而又敬畏的。边界陈兵对峙的代价是惊人的，带来的消耗也是巨大的。"沉舟侧畔千帆过，病树前头万木春。"中越边界问题的解决，促进了彼此间的经济交往与合作，是区域繁荣发展的保障。

    于边民而言，因种族文化、生活语言的同一源流，界碑其实也无法阻隔这种密切联系。它已成为一种无形的力量，渗透进边民的日常生活。在有些地方，界碑成为当地百姓烧香拜祭的敬重神坛。人们祈求和平，诉愿风调雨顺。我不禁联想起古人陶渊明的诗句，"天地长不没，山川无改时。⋯⋯愿君取君言，得酒莫苟辞"。

    下午两点多上路往蒙自，它是红河州的州府。走国道一百六十二公里，沿红河边的国境线与高速公路并行，路上车很少，下半程进入山地海拔逐步升高。进了蒙自发现满眼都是大道与高楼，花坛簇拥，一派大城市的风貌。

　　十年前路过未入，这是第一次入住蒙自。新区的建筑多公共设施以及新建的住宅。配套的广场、道路、绿化等，实实在在地提高了当地人的生活质量，老街上商业门面可以看到蒙自县城的原来面貌。

中老边界的村庙

2016 年 1 月 4 日 阴 17℃—22℃
景洪市—勐腊县磨憨镇 172 公里
1 月 5 日 多云 15℃—21℃
勐腊县磨憨镇—尚勇乡尚岗老寨 9 公里

2015 年 11 月走完了中越边境部分，转眼到了 2016 年的元旦，这次继续出行，走中老和中缅边境，首站到云南的勐腊县。

早上的头班机飞昆明。我用滴滴打车到机场，车费开始涨价了，哪儿有烧不完的钱？机上满员，我碰到一位朋友，他要去大理参加庙里的法事。十点刚过就落地了，看股市行情大吃一惊，深沪两市开盘就跳水，创业板跌幅尤甚。当日大跌的主因是首次实现熔断机制，沪市收于 3296，当日跌幅百分之七。

从昆明转机去西双版纳，中午时分抵达西双版纳景洪机场。下午走 213 国道，全程一百七十二公里，赶到勐腊县磨憨镇，这里有云南通往老挝的边境口岸。

中老两国边界线，从东端点的十层大山到西端点的澜沧江—湄公河主航道中心线中老缅三国交界点，长五百余公里。沿途的口岸有勐腊县的勐满镇岔河、勐腊县的磨憨、勐腊县的曼庄、江城县的坝卡等。边境一线地处滇西高原，沟壑纵横，森林覆盖。以前边界时有摩擦，20 世纪 90 年代初两国签订了《中老边界条约》，之后边界一带一直太平无事，当然经贸活动也就日益兴旺起来。

几十年里老挝人终于看清了一个事实，老挝要发展还是选择与中国合作为上策，否则就是耕了人家的田，荒了自己的地。排除各种干扰，1988 年 6 月，中老两国恢复了正常外交关系。之后中国的援助、投资和贸易开始进入老挝，由此老挝经济发展、民生改善，在与中国合作过程当中逐渐发展起来。

　　第二天早上先去磨憨口岸。那儿设施一应俱全，都是新建的。询问当地人附近有哪几个村庄值得去，选两个顺路的。尚岗是傣族村寨，老寨子一百四十余户，另有两个新寨各二十余户，人口过千。老寨还是典型的傣族木构房屋，上午村里中老年男女在村庙集会，为一位逝去的乡亲做哀悼仪式。先由族老领头念经，再由住庙的和尚领经，然后每人点燃一支蜡烛，静坐默悼，寄托哀思。

　　这一带南传佛教已有千年浸淫，边陲之地天高路远信息闭塞，宗教信仰无疑给农耕社会添加了心理稳定，增加了邻里的互信，拥有人生的冀盼，克服恐惧与病痛，普度众生于苦海。

　　云南傣族人多信小乘佛教，是谓上座部佛教，盛行于东南亚地区。各村寨无论大小都有自己兴建的村庙和奉养的僧侣。在这里，僧侣与信众的关系十分密切。信众把护持三宝、供奉僧侣看成自己的义务和责任，轮流给僧人供奉最好的饭食。僧人为信众排忧解难，把使之精神怡悦看作自己的义务和责任，并为每一家的婚丧嫁娶等尽心尽意作法事。

　　有苏轼的《浣溪沙》共鸣："山下兰芽短浸溪，松间沙路净无泥，潇潇暮雨子规啼。谁道人生无再少？门前流水尚能西，休将白发唱黄鸡。"

三国交界澜沧江

11 月 18 日　晴　15℃—32℃
马关县城—木厂—桥头—南溪—河口县—莲花滩—玉屏—蒙自市　290 公里

　　上午十点多探访另一个傣族村寨磨歇。这里的人口没有尚岗那么多。村口一户人家姐妹三人正陪自己的老母亲说笑。老妇八十多岁，四个女儿两个儿子，目前最小的女儿与她同住。家里一百多亩田地，出租了一部分给人种香蕉。小女儿衣那曼虽然已五十多岁，但每天半夜就要起来去山上割胶。老妇有个女儿因肾衰竭前几年去世，留下两个外孙给她带，年轻的女婿不理家事，不知在忙什么。

磨歇村有百多户人家，五年前村民们集资五十多万投资建了新的庙房。住庙的两个和尚十分腼腆，听不懂普通话，见了外来的生人会不好意思。

庙前一户人家正在建房，主要材料是钢材。男主人虽然六十六岁了，还不得不干重体力活，两个儿子中，老大前几年因病离世，老二已分家单过。少数民族的贫困地区，卫生医疗条件差，青壮年因病离世的并不少见。

中午到勐腊县府所在地吃饭。一家湘菜风味的饭馆，饭菜味道都不错。20世纪五六十年代云南成立农垦局时，基础是转业的部队，再招了些农工，也从湖南、广东等省来了一批知青。当年的任务就是砍树开山种橡胶，荒蛮之地，环境条件的艰苦是不难想见的。当时中国没有橡胶，这成为战略任务。吃饭时隔壁坐了一个当地汉子，他20世纪60年代出生在勐腊，父母就是湖南来支边的知青。

　　饭后前往边境的勐满镇，到达后才知道距边境还有十公里，而且现在还没开放口岸，只允许边民往来。镇里还有一些傣族村庄的老房，进入后从男主人那了解到，勐满村的人才是本地的原住民。现在镇上开店做生意的都是外来人，多有四川人经此到老挝投资种香蕉，倒卖木材。

　　附近二十公里处还有勐润哈尼族乡，但是一路并没有村庄，快到时间了路，一位好心的老乡让我的车跟着他，带着去哈尼族的村寨。行几公里路到达曼回庄贺利村。昨天刚过节，村民穿民族服装集会庆祝。

　　看房屋似乎与傣族没有区别，我们随意进了一户人家，男主人说康，女主人咪拥，都已七十岁，据说是村里现在最年长的老人。主人见到远方的客人十分高兴，主动穿起哈尼服装让拍照，他们十七岁时结婚。

　　另一户人家一伙中年男子在聚餐饮酒，见客人上楼立即邀请入席，热情非常。据他们介绍，这一带有六个哈尼村寨，都是哈尼的分支爱尼人。因时间无多，所以附近的一个大寨子国防村只好放弃了。

　　由勐润沿边境往西北六十公里的下一个乡镇是关累镇，两个乡镇之间不经意就转换了中老和中缅的边界。一路上群山莽莽，河流交错，岭谷相间，沟壑纵横，南腊河流经中老缅三国交界处注入澜沧江。澜沧江流出中国国境后称为湄公河，是亚洲一江连六国的黄金水道。这条天然纽带把中国西南和东南亚的社会经济文化紧密联系在一起。

　　澜沧江宽两百米左右，江对岸已是缅甸，界河段有三十一公里。通航的船只不断过往，江边的码头有海关有边防。湄公河缅老泰三国接壤的金三角地区是毒品生产销售的重灾区，云南边境的禁毒打击任务必定十分繁重。

　　附近方便住宿的镇子是八十公里开外的勐仑，半途就天黑了，到达后投宿加油站对面的旅店。

橄榄坝前感怀知青

1月6日 上午 晴 早上有雾 15℃—25℃

勐腊县勐仑镇—景洪市勐罕镇—过澜沧江—曼哈乡 80公里

勐仑海拔三百多米，没有昨天那么冷。早餐仍然是米粉，云南的早餐好像没有其他东西吃。

今天出发前往景洪的勐罕镇，县道路窄弯急，好在车辆不多，三四十公里一个多小时到达。沿途的村寨多已建起新房，我们没有停留。勐罕是兵团农场经营多年的地方，著名的橄榄坝就在此地。当年北京、上海、四川、云南等地兵团知青在此留下过心酸的记忆，如今成为西双版纳旅游的必经之地。

橄榄坝位于澜沧江的下游，距景洪仅四十公里，是西双版纳海拔最低的地方，澜沧江从坝子中心穿过。橄榄坝农场建于 1957 年，1970 年组建兵团，1974 年撤销兵团恢复农垦建制，称橄榄坝农场，下辖若干分场。

当年从各大城市来此支边的兵团知青，路途需要七八天，当地食宿条件十分艰苦，又从事繁重的体力劳动，他们的生存状态长期得不到改善。到 1978 年年底，大规模的上山下乡运动进入第十个年头，全国上山下乡的知青人数高达一千七百万。

　　从勐罕去景洪的路正在封闭扩建，只得改道。听人指点，坐江边渡轮过澜沧江，由江对面的景哈乡去景洪。虽然路窄弯急，但风味别具，途中停车进入一处名为曼么的哈尼族村寨。

村寨建在一个山包上，家家新房，户户汽车，俨然是社会主义新农村的典型示范村。墙壁上粉饰了宣传画和各种告示标语。作为基层管理的示范单位，当地政府实行网格化管理，十户一个责任人，负责落实政府的所有工作要求，特别是禁毒、戒毒方面的工作。

　　这个村寨之所以富裕，是因为家家都种茶，收成好时一家会有十几二十万的收入。他们是 1971 年从附近的村寨分出后来此建寨的，时下已有六七十户，共两三百人。村里还建有公共活动室、村史博物馆等场所。

勐海布朗人

2016 年 1 月 6 日 下午 晴 15℃—25℃
勐海县城—勐混镇—布朗山乡结良村—腊赶村—打洛镇帮洛村—打洛镇 100 公里

　　下午要去边境打洛口岸，开始真正接触到中缅边境。中缅边境线北起西藏察隅，南到云南西双版纳，全长两千一百多公里，其中云南段将近两千公里。目前的边境现状是由 1960 年 10 月签订的《中缅边界条约》而确定的，双方尊重历史，对部分争议地区做了交换处理。几十年来和睦相处，基本相安无事。

于中国而言，连通缅甸的西南出海口就可以破解"马六甲困局"。而缅甸在发展的过程中需要中国的资本、技术、市场和管理。

中午在勐海县城停车吃饭，这里已发展成一个小城市。还是四川人开的小馆，没有其他选择。饭后往打洛方向出发，这一带的边境地区有好几个民族的村寨交织集居。为了探访布朗族人，过勐混镇后向东南拐入去布朗山布朗族乡的县道。

几公里后见到路旁的布朗族结良村和吉良寨。交谈走访了两户人家，一户的男主人岩抗抗六十六岁，女主人玉丙最六十岁，结婚四十四年育有四儿二女。孙子辈十二人中现有两个与他们一起生活，看来在老人带孙子的习俗上与汉族人相同。几个孩子活泼顽皮，吃饭的时候也不安宁。

另一户男主人岩安四十五岁，老婆玉应四十三岁。大女儿二十五岁有两个孩子，二女儿二十二岁有一个五岁的儿子，三女儿十九岁未婚。外祖母玉恩六十五岁，四世同堂，其乐融融。

继续往布朗山方向前行几公里，看到路边有右拐的道路而且山坡上有村寨，机耕道可以走车，仅几百米就是柳暗花明又一村。村里是水泥道路，而且有电线杆子，房屋基本也都是新建的。村里人听不懂普通话，而且都躲避拍照。

这是一个名叫曼迈的拉祜族的村寨，近年来政府扶贫给村里修路、送电、盖房。见到一位在村里开小店的湖南人。他岳母是本地人，之后去了湖南。他结婚后来此做小本生意，因为本地人没有懂经商的。

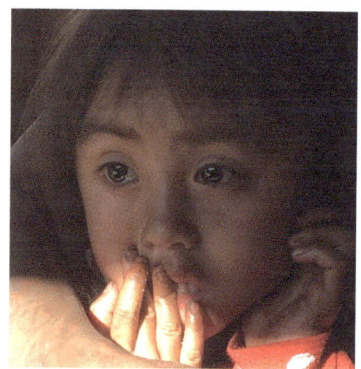

　　再上路又是几公里，有布朗族腊赶村的标牌。进村见到一个特别漂亮的小女孩，过来一个中年男子自称是小孩的爷爷。拍照的过程中与他闲聊，才知道小女孩的父亲去年十九岁因病过世。他四十三岁，是孩子的爷爷。孩子的妈妈已经委婉地拒绝共同抚育幼女，孩子还差一个月满三岁，眼神中满是期待和忧虑，对现在唯一的亲人十分依赖。

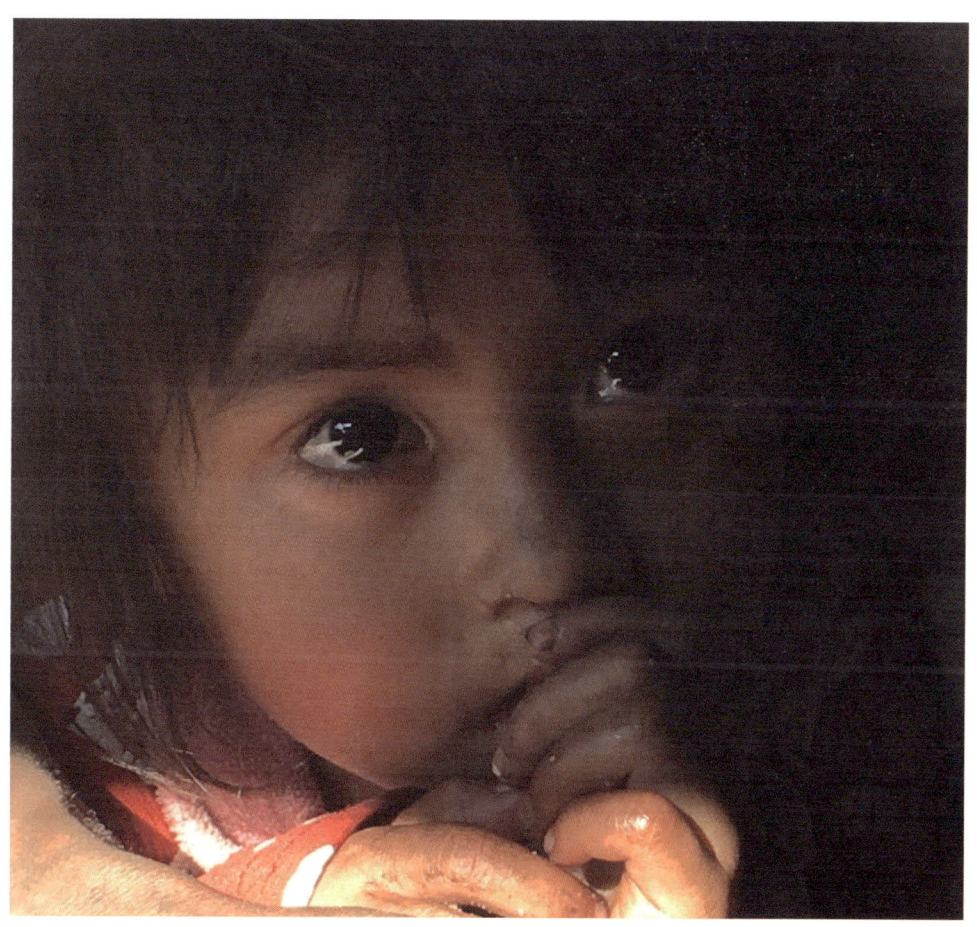

在腊赶拍了一对老夫妻，岩爽六十六岁，玉锁六十五岁，他们结婚已五十年。虽育有七个子女，但有四个已过世。

村长岩约，四十二岁，很能说笑，四肢和腹部都有纹身，他说当地佛教徒多有纹身的习惯。

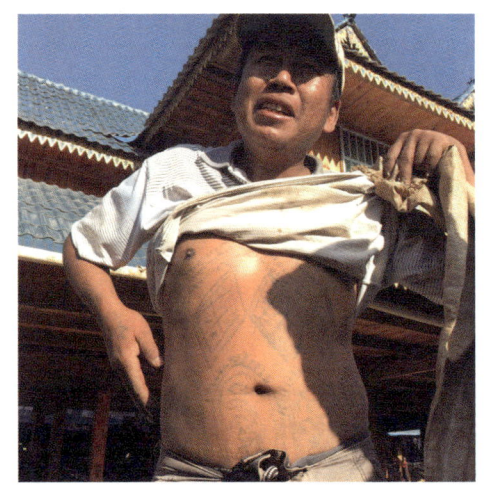

下午五点从县道折返回到去打洛的国道上，距离打洛约二十公里处是打洛镇的邦洛村。这个村寨也是布朗人居住地，六七十户。一户女主人刚下工回家，三十九岁，两个孩子，大的十六岁。

她是本村人，老公是上门女婿。父母都已过世，三个哥两个姐，有一个姐与她一样也留在本村。

　　另一户的男主人岩叫抗，三十四岁，刚割卖香蕉回到家，女主人玉三，三十一岁。玉三也是本村人。他们有一子一女，十二岁的女孩在七公里外的大村上学，每周回家洗澡。家有两千棵香蕉树，一千八百棵橡胶树。全村人均十七亩香蕉地，比起周围的村寨，他们村子的情况很好。大家认为只要肯干，现在生活还会变得更好。

云南民族诗人张克扎都的诗都具有浓郁的民族风格，对山野生灵都饱含情意，极见爱心：

用竹尾叶做成的帽子

为你遮挡了人生的风沙

挂在高树上的菠萝蜜

为你清洗着咀嚼人生的苦涩

有人问你为何长得黝黑

你却甜蜜地笑着回答

是我们接受了阳光的潇洒

从今天看到的布朗族村寨情况来看，他们的房屋结构与傣族的基本相同。生活在丘陵地区，种植业以果茶为主，各村寨因自然条件的不同，经济收入有较大的差别。早婚早育的现象非常普遍，缺医少药导致部分人的病无法得到及时救治。

到达打洛镇已经七点，投宿新达酒店，晚饭又是川菜。

变迁中的村寨

2016 年 1 月 7 日 晴 有雾 15℃—23℃
勐海县打洛镇—曼芽村—勐混镇—勐遮镇—西定乡—章朗村—勐满镇—
幸福展—酒井乡税房村—酒房村—澜沧县城 230 公里

　　今日要由勐海去澜沧。饭后先游打洛口岸，打洛镇位于勐海县境西南部，
国境线长约四十公里，距缅甸掸邦勐拉县城三公里、距泰国清迈五百余公里，是
云南通往东南亚各国最便捷的通道。打洛镇辖五个行政村五十多个自然村，多是
傣族、哈尼族、布朗族村寨，五千多户两万多人。

　　1993年我来过这里，从景洪开一辆右舵的旧吉普，差不多一百公里的黄土路，不时有雨后的稀泥乱浆耽误行程，路旁的村寨都是木结构的老屋。越过打洛的集镇就是缅甸一方的村寨，吸引中方游客的无非是小赌场、人妖表演和玉石首饰买卖等。当时我用一只新款的石英表，与一个摊主作价交换了几只翡翠玉器的挂件，各得其所，各自欢喜。同行的云南朋友还带着我拜访了当地名绅，当然，如今的打洛经过二十多年的开放经营，完全不是落后面貌了。

    回程途中进打洛镇的曼芽村，布朗族，一百多户五百多人。山坡上房屋错落，大部分已拆旧建新了。村里的庙宇又在增建，驻庙的和尚是从缅甸过来的，平日由村里人供养。村里有几户人家挂着党旗，进了一家刚好是村支书岩赛坦家里，他在红河的部队服役五年，回乡后当上了村支书。

　　十一点半过勐混镇，在此分别去了西定乡的西定村和章朗村。继续行车后开始爬山，山间路边有很多樱花树。正逢樱花盛开，恍若时空错乱，大有不知彼时身在何处之感。边境的偏远山区，路窄弯急，三十余公里到达西定哈尼族布朗族乡。乡镇的小街上仅有两处小吃店，一碗米粉权作午餐，开店的夫妻是湖南人。

　　离章朗寨还有十几公里路程，一半道路还在修建中，最后的一两公里因正在倒混凝土，只能停车步行。章朗新旧寨一共有两百多户，村口路两边各有一棵几人合抱的大树，茶树王在左手边的山上，需要爬山步行两公里。

　　选择进了老寨，沿斜坡随山形而建构的房屋，结构与傣族的相似，但宽窄高低相差好多，可能是山地窄的缘故吧。多数人家没有人在，其中一户人家里有三位老年妇女带一个婴儿，很客气地让座倒茶。她们听普通话很吃力。

　　村口的小学校是两层的新建筑，是外省援建的项目，现在已经废弃，学生都集中到行政村去上学。看门的岩三扎过去是村学校的老师，五十四岁，尚未退休，现在每月有千余元的工资。我们付费，让他开自己的皮卡送我们走了一里多的上坡路。

　　据他讲，章朗老寨有千余年的历史。村民的收入现在主要靠茶树，每家都有一两百棵茶树。他去年就卖了两百多斤茶叶。此地满山古茶树，早上可观云海，因此常有游客光顾。

　　从山上下来还得回到勐混镇，往西北才能去澜沧县。途经勐满镇时，见路边有个拉祜族村幸福展，房屋全部都是近些年新建的，而且是人字梁的木制建筑结构，这个村基本没有什么本民族的符号了。两个年轻人在吃一种类似木薯的食品，他们称为石股根，根茎间含丰富的淀粉。

　　继续上路，在酒井乡探访了税房村八十四组，一个汉族自然村，一对老夫妻雷文学和李确英，分别是七十八岁和七十五岁，他俩 1957 年结婚，育有一儿五女，现在四世同堂，但与儿女分开生活，自己还要下地干活。

下午六点,离县城还有十多公里,路边的酒井乡酒房村那木一队,是个有三十六户人家的拉祜族自然村。

与一家交谈,儿子李扎朋三十五岁,媳妇三十二岁,育有一女十三岁、一儿九岁,老母亲七十五岁。这一带海拔一千二百米左右,人均耕地少,他们家只有两亩田、三亩山地。媳妇倒上刚出炉的苞谷酒给我们喝,他们家每年自己都会做酒。

　　拉祜族历史上独有的双系大家庭婚姻制度现在已经消失，双系大家庭一般由一对夫妇的三代或四代后裔共同组成。大家庭中，一对夫妇及其未婚子女组成一个小家庭，已婚子女又分别组成若干个小家庭，所有的小家庭成员共同居住在一座长屋里。家长由大家庭中的老年夫妇共同担任，他们去世后由家庭中其他长者担任。公共财产由家长掌管，大家享用。分家时共同居住在长屋的子女可均分得一份土地和财产。

　　到达澜沧县才知道这个县很有规模，入住建国饭店，一百四十五元一间，条件不亚于大城市的四星酒店。

也说留守之痛

2016 年 1 月 8 日 上午 晴 10℃—23℃
澜沧县—东朗—东回—拉巴乡芒东村—勐梭镇班母村—拉巴乡 90 公里

　　临出发才知道，从澜沧县去孟连县的省道封闭修路，必须从西盟县绕道。出城后就开始爬山，309 省道的路况不错，车速可以保持在七十公里每小时，路上车少。

　　傣族的村寨通常都有村庙，他们多信奉佛教。芒抗村庙的三个僧人中有两个是从缅甸过来谋生的。村庙对面是村公所，新建的房子挺气派，小广场旁边还有一个唱大戏的舞台。

　　过了贺派乡几公里，进入沧源县境内，第一个乡镇是糯良乡。

　　沧源是佤族自治县，西南部与缅甸接壤，边境线约一百五十公里，境内多是山区，县城海拔一千二百多米，有边境口岸。沧源的古崖画，原始的生态群落，古朴的佤族民风民俗，都是看点。

于糯良乡公路边的河岸看到佤族村寨班考，全村按政府扶贫规划正在拆迁，用的是专业机械，村民们同时参与其中。

班考村一共有佤族村民八十户，当地政府为了打造本地的旅游走廊，除了推荐古崖画、天坑和千米国画走廊，还在公路边上规划一个佤族村寨的人文景观，选中了班考。建设资金每户需要自筹部分，政府每户补助四万元。

从村民干活的神态，以及和他们交谈的语气来看，他们是非常高兴的，能够重建自己的家园，对未来充满了希望。

　　离沧源县城二十余公里时，途经路旁的勐来乡民良村，走访了民良村的九组和六组。九组一共有六十二户，是前几年政府动员佤族民众从山上迁下来的。所以九组的房屋全部是新建的，政府每户补贴了四万元钱。九组的所在地还建了一座简易的基督教教堂，房子简陋，但基督教的意味表达无疑是到位的。在与村民的交谈中了解到，九组多信基督教。

九组的坡下是六组的所在地，六组基本还是过去的老房子，因此上下形成了鲜明的两个不同特色的建筑群。

在六组拜访了一对老夫妻，男主人叫李三绕，女主人坐在地上纺线织布。儿女都长大了，大孙子已经上高中。六组也是佤族，多信奉佛教。村民们同族不同宗，是从不同的地方迁移组合到了一起。

滇桂边境地区大都是少数民族聚集的贫困山区，一路走下来，耳濡目染，对当前的精准扶贫也算有了一些认识和体会。

按现行统计口径，年均纯收入低于两千三百元的人属于贫困人口。尽管改革开放以来的扶贫工作存在不足之处，但三十多年已经有六亿人口脱离了贫困，这在人类历史上也是空前的成果。

中国仍有几千万人口处于贫困状态。中央政府提出了精准扶贫的指导思想，并确立了到 2020 年的扶贫工作目标，是为"咬定青山不放松"，"不破楼兰终不还"。

填词《醉江月》，誓言驱散贫困：

哀国懦弱，必相记，遍地饿殍饥命。满目疮痍凄惨沥，回首不堪演绎。四九建国，抹擦泪迹，秀百年风运。生灵六亿，驱逐贫困冤恨。

续继梦吃家国，看呆邻骥，凉热惊寰宇。任重道远须努力，誓愿水击临顶。精准扶贫，五年笔御，因制宜人地。任凭浪大，独留江海情义。

俯仰陈迹

2016 年 11 月 8 日 下午
耿马县城—贺派—芒抗村—糯良乡—班考村—沧源崖画—勐来乡民良村—沧源县城 104 公里

    沧源是边境县，县城距离昆明将近九百公里，海拔一千二百多米。接近县城后，四车道的新路面平直，路灯迎面而立，路旁的房屋建筑几乎都是新建的。公共设施、政府机构、学校医院，都相当上档次。可想而知，其建设投入是很大的。

    沧源是除西盟以外的第二个佤族自治县，全县不足二十万人口，但百分之八十是佤族。仅仅几十年时间，这里直接由原始农耕生活状态跨越到现代文明。

　　沧源很重要的一个观看点是崖画。由耿马县的贺派乡南行进入沧源县后，有十一处崖画点分布于附近的几个乡镇，处于糯良山、班考大山与拱弄山之间的勐董河流域的河谷地带。沧源崖画是新石器时代的文化遗物，已有三千多年的历史。近些年当地发展旅游业，修建了专门的道路，招引游客过来参观。我们挑选了最方便最集中的勐省乡崖画，虽然地处偏远，游人稀少，但门票也依规定实行老年折扣优惠。

　　崖画位居山间，进门后就要上台阶爬坡，山路并不轻松，走了大半个小时才来到岩崖边。崖画绘于垂直平整的石灰岩崖面上，距地面有几米高。崖画的题材有人物、动物、狩猎、祭祀、舞蹈等，反映了那个年代人们生活的状态。人体和动物的表达不是用线条而是平涂的方式，有点皮影戏的感觉，虽然五官不清晰，但四肢姿态多变，以此表达主体的活动内容，反映了佤族先民的智慧和想象力。画幅有大有小，颜色都为暗红色，介绍说是用赤铁矿粉与动物血调合而成。

　　崖画幽梦于深山老林几千年，直至20世纪60年代才为今人所知。当地佤族百姓一直把它当作神物加以崇拜。佤族人认为神灵是无处不在、无所不能的，是抽象不朽的，是万物变化的原因，因而它可能是任何物质实体。

　　网络上留有这样的观后评价："一群红精灵，在等着你，在丛林中，在悬崖峭壁上。他们的呼唤，从勐董河谷吹来，此刻落在了你的心上。他们舞动暗红色的衣裳，裸露暗红色的肌肤，在坚硬的崖石上抒写千年的坚韧"。我等虽不识古迹之内涵妙谛，但可以感受崖画的栩栩如生，想象古人举手投足的辛苦劳作。与时空的无穷无尽相比，人生不过是俯仰之间的陈迹。

　　从崖画下来后前往沧源县城，二十余公里。时间不到六点，光线也是最好的时候。由导航引导去看广允缅寺。沧源的广允缅寺已有一百多年的历史，与景洪的曼飞龙白塔和勐海的景真八角亭，同为云南境内南传上座部佛教的三大古建筑，是当地有影响的寺院。建于清道光年间，融汉族、白族、佤族和傣族的佛教文化于一身。寺内的壁画反映了清政府册封土司的场面，原是僧人日常活动的场所。

进入佛门自然要心怀敬意，汉传、藏传、南传等佛教各有自己的教义，但佛祖有偈语："诸恶莫作，众善奉行，自净其意，是诸佛教。"既然诸教亦有同，自然想起慧能的名句："心地无非自性戒，心地无痴自性慧，心地无乱自性定，不增不减自金刚，身去身来本三昧。"

可惜时至黄昏，已没有信徒入内，也看不到任何佛事活动。僧人在厨房做饭，烟熏火燎，逆光之下，记录的只是烧火做饭的场景。

晚上吃饭的地方场子挺大，要了五个菜和米饭，花费九十五元钱。几个县的消费水平相差不大。住宿是阿佤山大酒店，私人经营的旅店，占了一个很大的院子，房间的条件还可以，要价一百一十八元。

永和、翁丁、芒卡、南伞

2016 年 11 月 9 日 周三 阴雨 20℃—26℃
沧源县—永和口岸—沧源翁丁寨—班洪乡—芒卡镇—芒卡口岸—镇康县南伞镇 190 余公里

　　早上出发前往永和口岸，距离县城十几公里，翻山越岭但路况极好，人车稀少。昨夜大雨，清晨的雾气积聚，白云浮动，阳光时而穿过薄云，远山近水，呈现一幅幅绚丽多彩的画面。到达永和口岸的时候积云浓厚，看起来又要下雨。

　　原路返回经县城往北走 314 省道，走了十多公里以后往西拐，走耿马县的孟定镇方向。要走三十几公里，途中会经过翁丁佤寨。寨前门楼在修建中，门票开价五十元。门口十几二十个佤族男女村民，边唱边跳，用传统的礼仪欢迎外来的客人。

　　翁丁佤寨附近有几条小河连接，他们半个多世纪以来三次迁移，最近一次是 1966 年因为火灾全寨毁灭，因而搬到现址重建。整个寨子百多户人家，茅草的屋顶在山坳中错落有致，连绵起伏，看上去气势不凡，别具一格。如今为了发展特色旅游，乡镇政府动员村民，立意将翁丁打造成最具代表意义的佤族村寨，包括建筑形式、生活状态和传统习俗。

　　走访了位于寨头的首家农户，男主人杨艾南年已八十，老伴儿七十九，两人在火塘边烤火，火塘上架着水壶烧水，老太太抽着烟斗。在佤族地区看到的中老年妇女，似乎人人都抽烟斗，嚼槟榔。据说佤族是一个唱歌比说话多，喝酒比喝水多，跳舞比走路多的民族，我认为还应该加上抽烟和嚼槟榔。

作为外来人眼中的异地他乡，翁丁的太阳、月亮、清风、火塘、榕树、碗酒都显得别样，但这里就是佤族人世代生活的地方。

杨艾南是翁丁佤寨的寨主，1953 年他作为基干民兵抽调到沧源县公安局，1956 年到省公安学校学习，后回到县公安局工作，1959 年遣散安置回到家乡。他有四儿四女，目前和大儿子一起生活。他是世传的第六代寨主，之后就要传给他的大儿子。

离开翁丁后开始下雨，道路更不好走了。我们去十多公里外的班洪乡吃饭。四川人开的小馆，饭菜味道和分量都到位，结账收费 50 元钱。老板娘还特意告诉我们两点前要上路，否则修路的卡子过不去。雨越下越大，此去芒卡镇有六十余公里，路况时好时坏。好在过往的车辆极少，车速可以保持在五十公里／小时，山区行车关键是注意过弯时不要出事。

芒卡是位于沧源最西南的乡镇，过了芒卡就是耿马县的地界。今天的目的地是镇康县城南伞。由于一路修路，前面的路况如何心中无底，到芒卡后的第一件事就是打听路况。此去南伞六十余公里，全线是前两年刚修好的二级公路。在外跑车，常常都有茫然不知路况的经历，常想为什么交通部门不能利用网络，通告各省辖内公路修路和通行的实时信息呢？

我们调头去了芒卡口岸。虽是小口岸，但配套的机构设施一应俱全。 出了芒卡就是边境军人的哨位，检查的战士见我们都是外省身份证，开的是云南车，此处少有外地游客，自然会多问几句。

　　镇康虽为边境小城，但道路交通、公共设施和政府机关等都很上档次，一派祥和安宁的景象。小城的规划不错，看起来应该都是近五年到十年的新建筑。

南伞口岸离镇中心也就两三公里，出入的车辆和人员比永和、芒卡繁忙得多。小贩招揽缅甸一日游的生意，问他过去常玩什么，答曰赌博。

找住宿费了不少时间，此地旅店的厕所大多是蹲坑，最后还是找到了一家性价比满意的住下。

中缅边境的来言去语

11 月 10 日 周四 多云转晴
镇康县城—水库—勐捧镇—怒江龙镇桥—龙陵县勐糯镇—碧寨乡—龙山镇 290 公里

今天全天的时间基本都消耗在路上。早上出发前加油，油站的人告知 231 和 313 省道都在修路，八点到十二点封路，只能找路绕行。

硬着头皮上路，问到了绕行的路线，经城外的大坝村到水库再上到 231 省道。八点多的阳光给这一段路程增添了光彩，特别是水库边的侧逆光。

　　走不多远又被拦停，要到十二点放行。等了个把小时，十点半时放行了。车行半小时又被拦停一小时，十二点再启动时离勐捧镇还有三十余公里。整个上午四个小时跑了大概五十公里，但离开南伞不到三十公里。停车时向等候的司机问路，被告知勐捧前面也在修路，只能走另外新修的乡道。但导航还不能使用，要找人带路。

　　在勐捧镇遇到一骑摩托的中年汉子王小老，与我们同方向，于是邀请他一起午饭，饭后带路。他是苗族人，在外省不同地方打过工。幸亏他带路，跑了六七十公里的山间乡道。途中有一段正在修建的路基，泥石被雨水冲刷，弯道加陡坡，真担心轮胎和动力出问题，好在顺利通过了。

过了怒江，我们与王小老分手，对面是龙陵县地界。到勐糯镇已经四点多，原打算由此即拐入西南方向的乡道，但给今天的路况搞怕了，于是临时调整去县城。此去龙山镇九十余公里，换人开车但走错了路口，跑了一个多小时才发现到了北部的碧寨乡，真是哪壶不开提哪壶。只好找最近的路径再奔往县城龙山镇，过腊勐乡已七点了，天色已黑，再行六十公里才到达目的地。

龙陵县处于中缅边境的中段，专门出来走边境，当然也是想知道一些有关的历史沿革和现实状况。关于中缅边界的资料可谓汗牛充栋，情况曲折复杂，查看后唏嘘不已，窃以为大体可以梳理为以下几个要点：

缅甸的掸邦、克钦邦与云南的西双版纳、临沧、德宏、保山、贡山等地接壤。自唐至清，掸邦的傣族、掸族一直在中缅边境地区生活，19世纪中期，英国殖民者占领贡榜王朝首都曼德勒，随即北上侵占了掸邦。

缅甸四个特区紧挨中国，与云南边境地区的联系是全方位的。缅甸当地的名人多是旅缅华侨和昔日知青，语言和文字、流通的货币、买卖的商品、甚至使用的水电气都来自中国。的确是个极其特殊的现象。

怒江下游的德宏

2016 年 11 月 11 日　周五　晴　20℃—27℃
龙陵县龙山镇—芒市—瑞丽市—瑞丽口岸—弄岛—雷允口岸—芒滚村—陇川县城 250 公里

　　今天第一站到芒市，路途只有三十多公里。虽是山区，但沿途是一、二级公路，十分通畅。芒市是德宏州的首府，各方面都像模像样，建设的规模和水平相当不错，中心广场的周边都是些特色建筑。

167

　　芒市的菩提寺虽然规模不大，但傣式的院落收拾得非常干净，一个傣式二层小楼是寺院的主体建筑，也是僧侣信徒进行宗教活动的地方。门楼前正在扎彩挂幅，明天有祈福法会，信徒们都在忙着做法会前的各项准备工作。妇女在准备餐食，男士在收拾打扫院落。不难感受到男女信众们满满的喜悦，摆脱名利的扶制与奴役，心中清明爽洁，该是多大的自由自在呀！"若能转物即如来，春至山花处处开。"

　　离开市区几公里有滇西抗战纪念碑，在公路旁的一个边坡上，规模并不大。1998年以州政协的名义筹集资金建设的。一部分由政府拨款，一部分由企业捐献。按当时的物价水平也就花费几十万元。

　　碑体十余米高，四面都有碑文，看得出来碑文的撰写者是费了一番功夫的。大体记述了 1944 年我军在滇西与日军作战的情况。文字简练，叙述清楚。

　　纪念碑周围还恢复性地修建了一个当时军队某团的纪念碑，以及几名牺牲将士的墓碑。由原埋葬地的山头上发掘后迁移过来。

　　滇西抗战是抗日战争历史上的大事件，远征军中不乏满腔热血的青年学生，烈士们为了保卫国土献出了生命，可歌可泣。

　　感慨之余，追记五律一首，于芒市滇西抗战纪念碑：

　　荐血如天雨，为偿恨愿劫。曦月拂故地，忠义在人间。

　　叶落随风逝，花开妍雨生。蚩尤入梦境，夸父到滇西。

　　从芒市出来后上高速，一个小时就到了瑞丽，这里是我国通往缅甸的主要口岸，商贸氛围非常浓厚。时下的瑞丽，早已不是十几二十年前的风貌了，建设规模大，外来人口多，城市建设围绕商贸、服务业展开。

　　为了节省时间午饭是沙县小吃。瑞丽的口岸车水马龙，人流熙攘。

　　从口岸去边贸城有十公里。所谓的边贸城以交易玉石类饰品为主，据说近年人气已经不如从前。市场主要做批发生意，进货的商贩靠自己的眼力。

　　"一寨两国"是边境的一个小村庄，开发成旅游景点，沿着河边修建佛塔，种植热带植物。

　　瑞丽最南端的乡镇叫弄岛，离瑞丽市有三十余公里。弄岛的口岸在雷允，从路途行驶的车辆看，由缅甸入境的全部都是木材。

地图上看瑞丽河是国界，行走321省道的途中右拐岔路去到河边。这一带有不少村庄和河谷地貌的香蕉地。

进到弄岛镇的芒滚村，几乎没有什么村民，小广场上有一个老式的二层木结构傣楼，应该是村庙。小广场舞台上的几个工作人员，是瑞丽市气

象局下乡帮扶的干部。村民们昨天被河对岸缅甸傣族亲友接去欢度民族日了，连续三天的活动，所以村寨里没人。

瑞丽河河宽六七十米，两岸长满了毛毛草，此时阳光灿烂，白花花的绒毛在和风中摇曳着。

黄昏前赶往陇川县，出了瑞丽海拔开始升高。233省道非常繁忙，但车辆行走有序。天黑以后进入陇川地界，从道路、房屋、灯光、人流等情况来看，这个县经济不活跃，人口也不会太多。整个状况比前几天经过的那些县要差许多。

吃住的问题在比较几家后都解决了，比起前几天的其他县城，物价略高一些。

晃相傣寨"赶摆"

2016 年 11 月 12 日 上午 晴 19℃—25℃
陇川县城—章凤口岸—迭撒寨—弄彦寨—章凤镇晃相寨—户撒乡 75 公里

　　陇川县城海拔一千二百余米，晨有凉意。没想到昨晚来到了中国西南最底端的地方，陇川自古就是边塞辖制的要冲之地。如今人口不过二十万，但却有二十六个民族在此居住，也是景颇族、阿昌族人口最多的一个县。

　　今天行程的内容十分丰富。出发第一站去章凤口岸，离县城九公里。章凤口岸人货车分流，人行通道的边检站只有一名士兵在巡逻，边民自由出入。

　　小集贸市场是当地居民买菜的地方，路上所遇，都是穿戴打扮的傣族人，脸上涂有油彩。十分生动的边民生活状态。

　　这一带边境线边民出入频繁，离检查站房屋不远的竹篱笆就已经被人打开了缺口，不时可见有人穿过来穿过去。

　　返程途中进了一个叫迭撒的村寨，百多户人家。村庙里集聚了一些村民，正在办理交款登记，是他们自愿捐赠赶摆时给外村的礼金。

　　看了两户人家，一户是位老年妇女，出门前在自家院里拔了几枝长叶植物，带上手提袋里的食物，准备去庙里做晨拜。

　　另一户是位中年妇女，手里拿着几枝新鲜花朵和提着装满食品的篮子，也是准备去庙里。我给她和她丈夫一起拍了照片。

还有一户的男主人，汉族人，上门女婿。他说今天村里好多人外出赶摆，的确路上不时看到拖拉机和卡车拉载着已经梳妆打扮的男男女女往外走。

迭撒前面是弄彦村，也是傣族，有一百四十户人家，村里也没什么人，都出去赶摆了。村外的狼沙河是界河，两边的边民可以随便往来进出，这条溪流估计涨水时也就二十多米宽。不时有车辆和行人从河对岸涉水过来。

　　德宏州傣族、景颇族的民间节日尽管名目繁多，却大都叫作"摆"，参加这些活动都叫作"赶摆"。时间和规模取决于当地的寺庙和村寨的多少，通常是各个寺庙轮流坐庄，一个一个接着赶，以一个村寨为单位或几个村寨联办。某村寨要举行赶摆时，周围的村寨会受到邀请，去时要随带彩礼，有实物也有现金。

　　到了赶摆的日子，村民们身着盛装齐聚佛寺。男人敲锣击鼓，女人载舞献花。迎请佛像，诵经焚香。赶摆节日里还有傣戏或其他娱乐表演，未婚男女趁此机会互相表白。"做摆"的主人要宴请乡亲。

作为一种宗教仪式，当地人赶摆表示对佛的虔诚，要积功德，为通往佛国天堂做准备。

择日不如撞日，难得碰上这种机会，赶紧就近找地方看赶摆。

赶到章凤镇政府打听情况，星期六没人上班，唯一的值班妇女好心帮忙，打电话问到附近的晃相村寺庙今日有摆，而且路程不远。

接近晃相村庙时就听到锣鼓声，循声而入，里面化着节日彩妆的村民们正载歌载舞，看手势身姿是典型的傣族舞。舞台上落座的都是各寨年长的头领，本寨的头人不断地迎接各寨的乡亲，接受他们的彩礼并登记在册。

这种活动现场实在是难得的民俗拍摄机会，自然是手忙脚乱一番咔嚓。在打听章凤这边的赶摆地点时，一个司机讲到今天户撒乡那边也有赶摆。户撒是陇川唯一的阿昌族自治乡。从未到过阿昌族的地方，我们当然有心跑一趟。

户撒阿昌人

2016 年 11 月 12 日下午
陇川县户撒乡—皇阁寺—户撒乡—盈江县—梁河县城遮岛镇 115 公里

　　户撒乡离县城五十多公里。233 省道的部分路段正在修路，赶到户撒乡的时候已经十二点多了，找了一家农家乐先解决吃饭的问题。

　　周围街区的房屋与北方常见的土木结构瓦房相同，正房加两纵厢房、一堵照壁的四合院，宅院大门颇有华夏古风遗俗的味道。

　　隔壁是一家户撒刀加工作坊，中午没有人干活，但从堆放的原料和工作场地来看，作坊有相当规模。户撒的阿昌族人打铁制刀的技术很高，他们的长刀、尖刀、砍刀、菜刀、剪刀、镰刀等锋利美观，经久耐用，人称"户撒刀"，为周边的傣、汉、景颇、德昂等各族人民所喜好。

　　据载，明洪武年间官兵西征时留下了部分人马驻守户撒屯垦，并将打制精良刀具的技术留传于当地。此后的五六百年间，阿昌族匠人不断提升技艺，逐渐形成了独具特色的阿昌族户撒刀，因而赞誉有加，载道远行。

　　院里一对老年夫妻向我们打招呼，问要不要买刀，并带着看样品间。我挑了一把菜刀，虽然不需要，但也算留作纪念。这种传统工艺尚存于民间的手工作坊，不知今后是否会消失。

　　说话间他带我们进入另外一间更大的陈列室，一面墙上挂了把典型的户撒刀，长七八米，重一吨多；对面墙上是一把菜刀，重量超过两吨，十分引人注目。陈列柜里有不少他的获奖证书。买刀的钱他媳妇收下后即转交给了他，看来当家的还是老头儿。目前一年的销售额有八十万元，批发商来进货，根据订单再安排生产。

男主人今年七十六岁，叫李德庆，已经三代从事这个行当。虽然当地的作坊成百上千，但他号称"天下户撒第一刀"，是个有分量的老手艺人。

农家乐的中饭，口味不错，当地的米相当好吃。吃饭时打听赶摆地点，说是在皇阁寺，但今天上午已结束，可以赶个尾巴。既然来了，当然要去看一看，也就六公里路程。

到达皇阁寺后，目及之处满地垃圾，到处是果皮及包装盒袋等，小商小贩们在收拾摊档准备撤走。

文字介绍皇阁寺始建于明代洪武年间，后有多次修缮扩建，有两个不起眼的破败简陋的院落。目前寺庙没有僧侣，只是由信徒负责打理。寺外有一群阿昌族的老年男人坐在一起聊天抽烟，我便请求和他们合影。

千百年来，滇西山壑峡谷一带诸民族混居生活，不同族裔通婚同化。现有的阿昌族仅有几万人口，是云南特有的人口较少的民族，说梁河方言和户撒方言，使用汉字。他们主要分布于陇川县和梁河县的几个阿昌族自治乡。1875 年，英国殖民者从缅甸方向入侵我云南一带，我边防军民奋起反抗，爆发了著名的"马嘉理案件"。

离开户撒已经快三点，准备到盈江县住宿，行程六十公里左右。转入 233 省道以后道路非常好，进入盈江境公路边有一个观景台，可以远眺盈江流域两岸的风光。盈江在陇川县的西北，全境以河流山地褶皱为主，辅以部分盆地、平坝。有汉、傣、景颇、傈僳等族聚居。边境线二百余公里，除那邦口岸外还有多条道路与缅甸相通，县城距密支那近两百公里、距帕敢二百五十公里。

到达盈江县后，原打算再去那邦口岸，哪知单程就有九十多公里，不得不放弃。顺道四十多公里到了梁河县城，梁河县处于盈江和腾冲之间，面积仅千余平方公里，人口十余万，汉族占六成多。在县政府附近找了一家旅店入住，性价比应该会好一些。

夕阳下的梁河佛塔颇有姿色。附近一条街全部是农家乐,享受五菜一汤的犒劳。

九保李根源故居

2016 年 11 月 13 日上午 晴 12℃—21℃
梁河县城—九保乡—腾冲县中和乡—猴桥镇 80 公里

　　梁河县海拔高，气温比前几天要低，早上只有十二摄氏度，吃了碗热面感觉好多了。

　　梁河史称南甸，傣语又称遮岛。明清时"改土归流"，这里就有了几代的司抚衙门，如今供人参观。附近有一小湖，晨光下湖面雾气升腾翻滚，一片美不胜收的景象。

　　离县城几公里的九保是阿昌族自治乡，也是民国元老、爱国人士李根源先生的故居所在地。故居大门门上挂锁，经询问附近的街铺，才知道故居没有纳入政府的管理，只是由李家的后人托付乡里的亲朋好友照看。有人要求参观时，他们会出面招呼照应一下。

　　李家的院落历史已经有一百好几十年了，李根源祖籍山东，父亲是清末时的千总管带，他从小在这儿出生长大。三进的院落收拾得井井有条，看来经常有人打理。房子里虽然摆设着一些旧式家具，但没有家族的遗物，只是陈列了一些亲朋好友题写的牌匾字画，以及先生的生平介绍。

　　根源先生年轻时中过秀才，进过学堂，留学日本，士官学校毕业，中国同盟会成员。宣统元年（1909 年）回国，任教于云南讲武堂。与蔡锷等起事响应武昌起义，反袁护法。军阀混战时隐居吴中，访古考察，抢救文物，励行公益，实验农村。在此期间，他有一首题为《小隆中》的诗，诗曰：

　　苟全于乱世，不觉入山深。高卧小隆中，聊为梁父吟。

　　道出了自己的内心世界，怀才不遇，生不逢时，爱国有志，报效无门，因而发出"聊为梁父吟"的感慨。抗战爆发后，他积极投身救亡活动。先生曾先后 4 次为英勇牺牲的抗日将士建造英雄冢，并留下缅怀的诗句："霜冷灵岩路，披麻送国殇。万人争负土，烈骨满山香。"

晚年任全国政协委员，居住北京。根源先生既是军人、政治家，又是现代的爱国名士。探访旧居后追记一首《临江仙》，访李根源故居，聊表心中景仰：

移步尊前端然念，幽怀九保曲石。江河风雨叹国殇。阁梁依旧在，请命忆无声。

乱世苟全临梦境，村舍狱峙吟酬。逸民请命欲征敌。同谋丞相事，明政话经纶。

近几十年来外面发生翻天覆地的变化，似乎还没有完全影响到九保。街道两旁大部分房屋的结构和面目基本还是百年或几十年前的老模样，一层的砖木墙体，人字坡屋顶加盖黑布瓦。当地居民虽也不断进行房屋翻修，但基本延用原有风格。

街牌 62 号院有一个不起眼的小门，破破烂烂很窄的通道，里面虽然逼仄，但从隔断的墙壁看，原结构是一个很大的院落。门头上挂有几个历经烟熏火燎的匾牌，有清代的、有民国的。过去肯定是一个像模像样的大户人家。

经与男主人攀谈，他家与李根源是同宗的亲戚，祖辈曾经是附近两个县的县长，家族中有国共两党的成员，现在散落在全国各地和海外。土改时房产大部分被没收，现在已没有人关注家族的现状了。

史迪威公路

2016 年 11 月 13 日 下午
腾冲县猴桥口岸—中和—腾冲火山—腾冲县 76 公里

　　离开九保后向腾冲方向出发，去腾冲西北的边境口岸。这段路历史上被称
为史迪威公路的北线，是滇西抗战期间有名的第二通道。从 233 省道转入 317 省
道后，道路的条件非常好，是一二级公路的水平。

　　途经了两个乡镇，一个是中和乡，一个是猴桥镇。沿着 S317 行驶了大概五六十公里，过了猴桥镇以后还有二十公里到边界。猴桥口岸 2000 年时开始扩建，是南下印度洋的主要通道，新建的口岸设施宽大整洁。

　　这次走史迪威公路，是想目睹传闻中它的神圣与险峻。20 世纪 30 年代日本发动全面侵华战争后，东部沿海沿边地区先后沦陷。抗日战争急需开辟一条新的国际通道，以输送军需物资。于是有了从昆明向西经过缅甸连接印度洋的构思。

滇缅公路起于昆明，止于缅甸腊戍，全长一千一百余公里，云南段全长九百五十公里，昆明至下关段1935年已修通。一年内中国还需负责修筑下关到畹町中国境内的路段，全长

五百五十公里；缅方负责修筑腊戍至畹町的一百八十余公里。这段五百多公里的路程，全程几乎都在高山峻岭、悬崖峭壁和深谷急流中跨越穿行，地质条件极其复杂，施工条件极其恶劣，可谓是当时中国公路建设史上最艰巨的工程。

　　为了尽快完成这项工程，除了级级从严督办，施工命令和逾期法办的训令同时下达之外，施工民众也满怀一腔报国热血，从 1937 年 11 月至 1938 年 8 月仅用 9 个月时间，完全靠人力和意志开通了这条被称为"人间奇迹"的滇缅公路。

　　印度及缅北一方的道路修筑更为困难，由中国和美国的工兵开路，仗打到哪里路才能修到哪里，直到 1944 年底缅北大反攻胜利后才最终打通了全程。

　　1945 年 1 月，从印度的雷多经缅甸的密支那，分南至畹町、北至腾冲两线连通到滇缅公路。这也是中印公路的正式通车。滇缅盟军的指挥官名为史迪威，便以史迪威的名字命名了这条公路。史迪威 2015 年获得中国人民抗日战争胜利70 周年纪念章。

　　半个多世纪过去了，这条公路而今有了新的含意。从腾冲猴桥口岸出发，经缅甸的密支那到达印度东北部的雷多，只有五百多公里的路程，从昆明出发，全长也只有一千二百多公里。与六千余公里的海上路程相比，这条公路成为最便捷、最有经济吸引力的中缅印之间的贸易走廊。

　　原打算参观中缅抗战纪念碑，没想到实际上纪念碑建在缅甸一方，没有边境证去不了，只好原路返回。

　　午后去腾冲火山景区，周围十几个火山口，有两座供人参观。大空山六百多级台阶，小空山六十多级台阶。小空山海拔近两千米，相对较矮，便选择了小空山。博物馆有资料介绍腾冲火山的情况。

附近十多公里的柱状节理地貌也是火山活动的产物。

返程只有几十公里的路程，很快就回到腾冲市区。发现吃饭的很多店都是清真风味或者以卖牛肉为主。

和顺镇及保山

2016 年 11 月 14 日 晴 12℃—23℃
腾冲县—和顺镇—腾冲—保山市 170 公里

　　和顺镇现在是腾冲旅游必到之地，当然是要门票的。我们早上八点多钟到达，大批游客还没进村，赶一个清静。和顺镇是明代驻军后裔延续几百年发展而形成的，也是那以后西南通商的集散地，历史上就是著名的侨乡。

得"丝绸之路"之便，傍"官马大道"之利，和顺镇花木茂盛，楼阁别致，池水玉碧，青石苔花，林荫幽幽，古树参天。成规模的建筑中除了乡村图书馆外，诸多为姓氏祠堂，有李、刘、杨、寸、尹等。

祠堂大都有一两百年的历史，从建筑的排场来看，此地居民经商，历来就不乏富足之户。因而传统上就重视乡村风景的培植，讲究建筑风格的协调。远看遍山碧绿，近观风水古朴。的确是万物生发、揽胜一方的佳地。

因为全部都是汉族后裔，房屋结构都是秦砖汉瓦的四合院，飞檐挑梁、雕花格窗，沿着山坡依势而上，错落别致，几百年发展得有相当规模。

加上现在发展旅游业，新建改造了不少房屋，沿街的民居自然被改做客栈和商铺。

　　一代人杰艾思奇也为和顺添色增彩。

　　和顺镇左侧青山环抱的山谷中有一湖龙潭碧水，湖边的小广场耸立着两棵百年之久的榕树和樟树，还有两个几人高的水车在吱吱作响。沿山而居的水碓村，村里最大的一处宅子是艾思奇的故居。故居为中式院落，正房前厅有一石砌圆形拱门，庭院里青藤缠缆，花枝秀雅。

　　其祖父是清代的官员，从故居宅子的状况看应该有相当地位，他父亲李德润早年留学日本，在北京就读京师大学堂，参加过中国同盟会。是滇西华侨儒商，常年往来于云南各地与缅甸仰光之间，其中西合璧的学养对艾思奇的成长有一定影响。

　　艾思奇出生于和顺，从小随母亲居住昆明，青少年时期在外读中学，后去日本读大学，二十二岁回国后在上海滞留几年，为《读书生活》半月刊撰写专栏文章。1935年，他在《哲学讲话》里的24篇文章结集出版，即后来风靡全国的《大众哲学》，他用通俗易懂的哲学语言讲述辩证唯物主义，不少青年学人受此影响走上了革命道路。他自己1935年加入了中国共产党，之后去延安。因为研究马克思主义哲学颇有成就，最后成为党内马克思主义哲学专家，很受毛泽东的器重。

　　蒋介石曾经说他不是败给了解放军而是败给了艾思奇的《大众哲学》，全国人大常委、国民党人马璧有诗句评价："一卷书雄百万兵，攻心为上胜攻城，蒋军一败如山倒，哲学尤输仰令名。"

　　艾思奇潜心治学、不善张扬，"文革"前夕因心脏病英年早逝。

午饭在一家农家乐的小院，点了当地特色的土锅子，各种荤素在铜火锅里炖得烂烂的，口味儿不错，搭配得也好。旅游之地自然价格不菲。

下午计划参观滇西抗战纪念馆，哪知这里按国际惯例逢周一闭馆。

云南的中缅边境，怒江州的几个县前两年跑过两次。这次回程大理，有心去保山看看。全程高速一百四十余公里，都是在险峻的山区行走，隧道和桥梁特别多，而且弯道和坡路都是其他地区少见的。沿途下路不方便，一路直奔保山。

　　途经龙江大桥，可谓在陡崖峭壁中腾云驾雾，桥建在火山地貌和高烈度地震带上，双塔单跨，钢索主缆长度近两千米。远远望去，高山峻岭，云雾缥缈，巨龙飞越，雄姿英发，的确是中国桥梁史上的建造奇迹。

　　昨晚联系了昆明的朋友，打听保山有什么地方值得去。朋友非要安排他的朋友来接待，一再推辞下总算没有添什么麻烦。下高速之后首先去朋友推荐的梨花坞，离市区七八公里。清代一保山人氏，担任过朝廷的尚书，后为家乡建立了这座庙宇，经几代的扩建改造而成为当地最大的佛家寺院，因满山梨花而得名。

　　庙宇的几处楼阁近年刚整修粉刷，显得富丽堂皇。大门圖牌上梨花坞三个字是赵朴老题写的。据说梨花坞的素菜相当有名，因为时间尚早，想多看点地方就离开了，与美食无缘。

　　市区的松山有明代始建的道观玉皇阁，及佛教庙宇玉佛寺。道观还是国家重点文物保护单位，最近刚整修，新刷油漆，鲜艳耀眼。

中国的道观比起佛庙，数量上要少很多，过去仅仅在崂山见过这么大的道观，没想到保山的玉皇阁使我对道教增加了不少感性认识。

下山以后，已过六点，张罗吃住。行程即将结束，吃个黄焖鸡、住个连锁酒店，不要太亏了自己。

俗话说，"在家靠父母，在外靠朋友"。

我常出门但惯了个怪毛病，就是轻易不愿麻烦别人。

能够自己解决的就自己办，能够花钱解决的就不去找什么关系。各有利弊吧，这样不结人缘但是节约了时间。

高黎贡山独龙江

2012 年 11 月 4—11 日
大理市—泸水县六库—贡山县—独龙江乡—丙中洛镇—贡山县—大理市

中缅边境行程最后一段是云南西北部的怒江州，处于沿怒江峡谷和高黎贡山由南向北三五百公里的高山峡谷地带。怒江州四个县，除兰坪外，泸水、福贡和贡山都分布在怒江峡谷的沿线，怒江以西的崇山峻岭与缅甸相距不过几十公里，人烟稀少，罕有成型的公路。

　　去怒江州一般从大理或保山出发。我们在大理租车，跑了四个小时到达六库，这里是州府所在地也是泸水的县城。下一段由六库到贡山县城二百五十余公里，换了当地一个单位的车，司机是个愣头青小伙子，在怒江峡谷的三级公路上开得飞快，时速常常超过一百。"端人家的碗服人管"，我们一行三人都担心但又碍于情面不好出声，只有闭上眼睛，"眼不见心不烦"。

　　怒江两岸不时有民居村寨，不少都是政府扶贫的项目，将农民从山上迁移下来。四个县人口仅五十余万，以傈僳族为主。

　　在贡山县城过夜，入住县府隔壁的通宝旅店。该县三万多人，当地的傈僳人基本都信教。清末年间，英、法传教士由缅甸进入滇西，将基督教带入了怒江深处。探访了县城边的一家基督教堂，条件简陋，有两位教徒正在整理外面捐赠的物品，准备再转赠到缅甸那边去。

　　独龙族和怒族都是较少人口民族，从贡山县城去独龙江乡八十余公里，当时还是大山深处的乡道，要翻越一座海拔三千三百米的垭口，穿山的隧道正在修建中。据说每年冬季大雪封山后，独龙江流域的五千多人就与世隔绝了。

　　尽管路途遥远，条件艰苦，但仍然有扶贫、猎奇和采风的人乐此不疲来到这里。纹面老妇充当摄影模特已习以为常，但人数一年少过一年，据说在世的仅有三十来人，因此身价也不断攀升。我们沿江六七十公里跑了六天，走访了上十个村寨，拍摄了十八位纹面老妇。

　　上游的雄当村有三位健在的老妇，再往北去木当。需要步行爬山一天才能到达，据说那里更精彩，但我们体力不支只能放弃。

迪政当是上游的行政村，在那里拍摄了五位。其中有一位年过百岁，常年卧床。村里正在盖新房，每家八十至一百平方米，是政府扶贫项目。

独龙族原有的居住环境就是原始茅屋，扶贫项目建造的新屋已经遍及独龙江全流域，惠及了境内独龙族五六千人。

　　中午难以落实吃饭的事，忙于拍照更是顾不上。村公所刚刚接待了访客，我们补充了开水，吃司机随身带的饼干算是解决了午餐。下午回到住地已快七点，找了一家饮食店，自己动手做打卤面，几个鸡蛋几个番茄，一斤面条，一人一大碗下肚。饭后买了个盆，烧水洗一番，才觉得舒服了好多。

　　乡政府所在地在孔当，听说有位百岁老人。村民说他一百零九岁，但似乎应该没有。

龙元村当齐家，七十五岁，十五岁时纹面，是基督教徒。她儿子当过兵，现在是村支书。我们早上出门带了馒头，在她家灶火前午餐。

在离龙元几里外的丁给村拍摄了这位老妇，她七十三岁，也是十五岁时纹面。

献九当村地处中游，找到村干部打听，村里的几位纹面老妇都在附近的山上住。最近的也要走半个多小时的山路，我们上去花了一个多小时，但片子拍得很有味道。老人家在家炸油饼，滋味满满的，给她和儿子、儿媳、孙子拍了合影。

　　早上起来就腹泻，担心饮水不惯，一直喝的是开水泡的茶，但还是中了招。这天又去献九当，约好等另外几位老人家从山上下来，我们下到江边的吊桥与她们汇合。高差足有八十米，回程上坡时同行的两人一个腿疼一个呼吸急促，累得够呛。

　　持续几日在高原，嘴唇开始干裂。从孟顶回到行政村巴坡，有教堂做礼拜。当地的教务人员说，巴坡村八百多人，信教的有两百多人，共有三个教堂。他在县城和州府都参加过培训，现为马坡村的教务人员，三年轮换。

　　村里一群男人正在喝酒，醉醺醺的。为了落实退耕还林政策，政府不允许山坡开荒，并负责供应口粮，因此有些人不用劳动就有饭吃有房住。

　　独龙江的下游与缅甸交界，马库有村道过境。附近的村子是孟顶，拍了几对老年夫妇。他们都不清楚自己的实际年龄，即使拿出户口本也说不明白。也难怪，不多年前他们还在"刻木结绳"的原始状态。

　　"卡雀哇"是独龙族人每年的大节，祭山神时主祭的是野兽之神。他们透明的眼神中，满是鼓励和默契，不断攀登不断向前。徜徉在阳光下，享受温暖与明媚。倾听天地的声音，无色无味，虚无透明。与其追逐，不如满足。